U0830487

老旦

朱佩君 著

作家出版社
全国百佳出版社

图书在版编目（CIP）数据

老旦／朱佩君著．-- 北京：作家出版社，2025.1.
-- ISBN 978-7-5212-3125-0

Ⅰ．I267

中国国家版本馆 CIP 数据核字第 2024YB5139 号

老　旦

作　　者：朱佩君
责任编辑：李亚梓
封面设计：百丰艺术
美术编辑：贾　莹
出版发行：作家出版社有限公司
社　　址：北京农展馆南里 10 号　　**邮　　编**：100125
电话传真：86-10-65067186（发行中心）
86-10-65004079（总编室）
E-mail: zuojia@zuojia.net.cn
http: //www.zuojiachubanshe.com
印　　刷：河北星强印刷有限公司
成品尺寸：155×220
字　　数：169 千
印　　张：13.5
版　　次：2025 年 1 月第 1 版
印　　次：2025 年 1 月第 1 次印刷
ISBN 978-7-5212-3125-0
定　　价：78.00 元

作家版图书，版权所有，侵权必究。
作家版图书，印装错误可随时退换。

目 录

题外的话

几个月前，朱佩君说要出第二本散文集，约我为其作序并希望帮忙取一个既特别又符合主题的书名。我琢磨了几个，打算碰面时让她选择。转眼，厚厚的书稿已经摆放在了我的案头，看着封面上的书名《老旦》……老旦？老旦？觉得不妥，读者看到第一反应会认为是以戏曲为题材的一本书，可她一再坚持非用此名。为此，我们师生二人还争执了若干次，甚至还红了脸。但是看了她的文章之后，明白她的初衷，加之，在这之前，贾平凹已题写书名《老旦》，《老旦》便也就这样自然而然出世了。

“老旦”是戏曲中的一个行当，是扮演老年妇女的角色。通常情况下，老旦是作为配角出现在舞台上的，也有一些戏，比如大家耳熟能详的《杨门女将》中的佘太君、《窦娥冤》中的蔡婆婆、《对花枪》中的姜桂枝等等，这些人物都是戏里的主角，只是这种戏不多。当然了，老旦也不是谁想演就能演的，除了扎实的基本功和出色的演技，嗓音条件也非常重要。

朱佩君出生在一个秦腔世家。父亲是县秦腔剧团的团长、编剧兼导演，母亲是剧团里的台柱子。可以说，她自打娘胎里出来就天天泡在秦腔里。挚爱秦腔，是朱佩君一生永恒的情怀。

二十世纪八十年代初，朱佩君以她的先天清脆的嗓音、有悟性的表演如愿以偿考入陕西省艺术学校。入校一年后，就面临行当的确定。每个豆蔻年华的女学员都期待着在舞台上崭露头角。《游西湖》中的李慧娘、《柜中缘》中的许翠莲、《五典坡》中的王宝钏等光鲜亮丽的角色是自幼学戏的女娃娃们共同的梦想。

朱佩君心中也期待着扮演锦衣华服的小姐、活泼可爱的小旦、端庄大气的青衣等等能站在舞台中央的角色。但命运偏偏捉弄了她，老旦，这个当时不被人们关注的、小姑娘们都十分不喜欢的行当偏偏分给了她。这个决定犹如晴天霹雳深深地刺痛了一个少女的心。她伤心得痛哭流涕。见此情景，史雷校长拉着她的手殷切地说："小姑娘，你怎么了？是为了角色的分配吗？我们认为你适合并且能演好老旦的，再说了，艺术界只有小演员，没有小角色啊，要知道做演员的都是从小角色一步步走向成功之路的。"这句话点醒了她。此后岁月里，她以此为座右铭激励自己。就这样，不管是风雪严寒、酷暑盛夏、再苦再累，她都没有动摇过演戏的决心。她常常独自琢磨人物，深入人物内心，埋头苦练。当一个手拄拐杖、白发苍苍、灰衣布裙、面相凄苦的朱佩君出现在舞台上时，呈现给观众的是活灵活现的戏里的老者形象。坐在台下的老师和同学都纷纷议论：这是朱佩君？这娃进步很大嘛！把戏中的人物都演活了，真是个好演员啊！

功夫不负有心人。七年后，从青涩少女蜕变成有志青年的朱佩君以优异的成绩被分配到西北戏曲最高学府——陕西省戏曲研究院秦腔团成为一名专业的戏曲演员。正由于老旦这个行当的优势，她在团里有了很好的施展才华的机会。一个刚毕业的青年学生，便能与享誉西北五省的艺术家任哲中、郝彩凤、马友仙，中国戏剧梅花奖获得者李东桥、王新仓等诸多的名家大腕同台搭戏，那是何等荣幸的事啊！

从艺几年，朱佩君就在省里多次获得荣誉奖杯。她成功塑造了一系列血肉丰满、光彩照人的人物形象，成功地扛起了剧团不可或缺的老旦角色，走出了独具特色的艺术之路。

想演正旦被安排演老旦的现实，只有小演员没有小角色的教诲，让朱佩君领悟到“演什么不重要，演好了才重要；干什么不重要，干好了才重要”的道理。漫漫岁月里，她以此为方向工作和生活，并从中受益。因此，“老旦”对于朱佩君来说就不只是学艺上的角色适应，更是人生的方向引领。

正是这些经历，让离开秦腔舞台多年已经转型为女作家的朱佩君，以“老旦”作为即将出版的第二部散文集的书名。《老旦》延续《秦腔缘》的文风，依然是纯朴、明朗、阳光，文笔流畅，善于以回忆、联想、思索，结晶人间苦乐于纸上。都说朱佩君的散文好读、耐读，读来轻松，然意味深长，文章里满满地流淌着她的美丽乡愁。这本书的题材多与秦腔有关，还有作者近年的反映新时代、新人物、新面貌的若干散文。朋友们笑谈：朱佩君是秦腔队伍中会写散文、散文队伍中会唱秦腔的人。但朱佩君却说：是秦腔滋养了她，培育了她，没有秦腔，就没有她的散文。在散文创作道路上，她永远是一个追赶队伍的女兵。没有秦腔，她的生活和写作将是平淡无味的。

如今，步入不惑之年的她，无论是顺流而下还是逆流而上，都能以包容之心面对，以友善之心面对，以智者之心面对。在面对生活、面对写作中，将她抒发的个人情感和剖析生活的结晶，汇聚于这本即将付梓的散文集《老旦》里。成功无疑是惊艳的，但是一路走来的艰辛，磕磕绊绊，只有她自己最清楚、最有体验。朱佩君用饱含真情的笔触书写下了自己的人生篇章。《老旦》这篇散文，无疑是这本散文集的重头戏，为了写好这篇文章，朱佩君花了很大的精力，文中以她独特的写作方式回顾了她的老旦人生。书中，无论是描写带着悲剧色彩来到这个世界上不畏挫折又心存正气的父亲的《父亲的戏梦人生》，还是描写在舞台上光芒四射而在生活中又特别能隐忍的母亲的《我的老妈是名角》，抑或是描写被剧团打压，在生活最低谷时自己努力求生存的勇气的《生活虐我千百遍　我待生活如初恋》，还是很欣慰、很兴奋地讲述着在北京再续秦腔缘，与热爱家乡、痴迷于秦腔的戏友们一起组建剧社，唱秦腔，登上首都的大剧院演秦腔，推广秦腔的秦人情怀的《再续秦腔缘》《京城唱响大秦腔》，无不流淌着对秦腔的挚爱、对秦腔的钟情。她视秦腔为自己生命的重要部分，秦腔一直陪伴着朱佩君的人生之旅，是她灵魂深处的精神家园。

每一个真情恣意的瞬间，都叫人泪目，一颗感恩的心，跃然纸上。也正是因为心中有爱，心中有情，心中有乡土风物，心中有故园山水，才使朱佩君这些从内心流淌出来的文字耐读、耐品，容易引起共鸣。发自内心的真挚情怀，通过朴实与简约的文字，白话入文的写作方式，让人感到亲切而轻松。人生如戏，戏如人生。对舞台的眷恋、亲情友情、师生情谊，身边实事、活生生的人物，都像过电影一样，在读者面前展现。读着读着，你不会不被其中的酸甜苦辣所感染，你不会不被作者淳朴浑厚和情深意切的气质所感动。

文中有戏，戏在文中。这便是秦腔演员出身的作家的独特之处。作者三句话不离本行，全书处处可见对秦腔的描绘，唱腔、唱词、对白变成了生动、真实、精练而朴素的文字。作者对于秦腔的热爱和痴迷是根植于心的，不能割舍，一直深爱着、迷恋着，痴情不悔。工作之余，在北京，朱佩君还组织了秦腔自乐班。每逢节假日，将来自不同领域的西北人凝聚在一起，敲起梆子，拉起板胡，扯开嗓门吼一吼。将大秦之声在北京唱响，用秦腔抒发浓浓思乡之情。

朱佩君有自己的事业，有孩子，有年迈的父母，方方面面、里里外外都需要她操劳，需要她付出。但是，无论生活多么艰难，无论发生怎样的变故，她始终没有放弃挚爱的秦腔，也没有放弃拿起笔来书写秦腔，正如她所说：我要边走边唱边写，我不会停下，停下就等于停下我的世界。

秦腔，文学，远方，连同数十年的风风雨雨，为她展现了一个广阔的舞台。有根，有魂，有梦，字里行间，真情流露，有多少故事，回首一望，淬炼成诗的光芒。我相信，有她多姿多彩的人生阅历，有她笔耕不辍的勤勉努力，朱佩君未来的散文写作一定会更有新意、更有深意、更有暖意！期待！

是为序。

2022 年 3 月

（周明，作家，编审。陕西周至县人。历任《人民文学》常务副主编、中国作协创联部常务副主任、中国现代文学馆副馆长等职。现为中国散文学会名誉会长。获中国报告文学事业终身成就奖。享受国务院政府特殊津贴。）

老旦

平凹题

老旦

老佩是我的绰号，究竟是哪年起的？是谁起的？我是真的记不清楚了。但是得此名讳也应该是与我演老旦有关吧。秦腔这话题有点大，我不敢盲目地以研究者的态度去评说它，只能把自己的一番经历和浅见寄予笔端记录下来，给自己留个念想罢了。

老旦行当是戏曲艺术门类中的一种，其深厚的艺术魅力是多少代人积累而成的。

第一次与女儿聊秦腔，她问我答。

女儿说："妈妈，你能不能给我讲讲什么是老旦？"

一石激起千层浪，与秦腔与老旦有关的往事就像瓦渣沟里倒核桃，骨碌碌地就滚出来了——我百感交集又无比欣慰！从小到大，女儿还是第一次如此认真地问起我的行当。

"戏曲分生旦净丑末，老旦是女性角色的一种行当分工，单指老年妇女。在京剧里边，老旦是一个非常重要的角色。但在秦腔这个剧种里，常常是以配演的形式出现。"我注视着女儿的眼睛，一字一句地说。

"因为我小时候在剧团长大，从小受秦腔戏曲熏陶，脑海中记忆里全都是立于舞台中心的李慧娘、白云仙、黄桂英、许翠莲、赵五娘等大青衣小花旦的形象，对垂暮之年白发苍苍、弯腰拄棍、恓惶可怜的老旦并无太多印象。从小看戏的我，说实话，记忆里实在想不起来几个老旦的形象，但是你姥姥演的老旦，让我永远记住了这个角色。”

“农行杯”

“我记忆里，真正看老旦戏，是 1989 年，陕西省‘农行杯’中老年演员秦腔戏曲大赛时，你姥姥一出《汲水》让我对老旦这个角色刮目相看。姥姥是家乡三原县剧团的名角，十一二岁就红遍了县城及周边邻县，她的嗓音仿佛是给戏曲量身定做的，表演的尺度掌握得也好，一分不多一分不少，无论本行的小生戏《游龟山》中的田玉川、《三滴血》中的周天佑，还是青衣戏《三娘教子》中的王春娥、《五典坡》中的王宝钏等都属她的看家大戏，个个精彩！除此之外，你姥姥还能演绎泼辣的表演戏如《母老虎上将》呢。但是，我认为你姥姥的老旦戏当数最出色的了。《汲水》中这个老妇的形象被她刻画得入木三分，催人泪下。你姥姥也凭此戏斩获了陕西省中年演员折子戏大赛一等奖的殊荣。在那次中老年演员大赛中，另外征服我的一出戏就是王婉丽老师的《盼子》，王婉丽老师是一个非常有激情的演员，她一旦入戏，生活中的她便了无踪迹。她在传承传统秦腔老旦表演的同时，也不断琢磨、吸取其他剧种特点，并且她善于捕捉人物的心理活动，从而使她的表演层次更加清晰，轮廓鲜明。再加上省戏曲研究院秦腔团著名作曲家肖炳、吴复兴两位老师的倾情加入，更使《盼子》这出戏锦上添花成为经典。”

难忘的 1989 年“农行杯”！那也是我的舞台高光时刻！我能参加那次陕西省中年演员汇演，也是得益于老旦这个行当，两场参赛剧

朱佩君在《包公赔情》中扮演嫂娘，徐静安老师扮演包拯

目，我参演了四个戏，亮相五次。其中有《桑园会》(又称《秋胡戏妻》)中望穿双眼盼儿归来的秋母；《杀狗劝妻》中被媳妇虐待的曹母；《放饭》(《朱春登舍饭》)中沿门乞讨的朱母；《包公赔情》中配演的嫂娘。值得一提的是，我凭借《包公赔情》嫂娘一角获得了优秀配演奖的殊荣，其中嫂娘的唱腔作为经典原唱保留至今。

女儿不明白："妈妈，那到底哪个行当是主角呀？"

我笑着说："每个行当都有每个行当的主角戏，但秦腔多半是闺阁旦和正旦(也叫青衣)，多是才子佳人、爱恨情仇、清官断案的戏。小花旦的戏也非常多，还有好多武旦戏，当然还有负责搞笑的媒旦戏，老旦戏多为配角，主角戏像杨门女将中的佘太君等，但少之又少。"

女儿还是一脸疑惑："妈妈，那你为什么不演闺阁旦或其他主角戏，非得演老旦呢？"

我哈哈大笑着说："傻孩子，是什么行当就演什么角色，术业有专攻，我是因为小时候定行当定的就是老旦，所以就得演老旦戏。你想想，妈妈在那么大的专业院团工作，哪能是自己想演主角就能演的呀。好多演员练了一辈子也只能站两边做龙套。你老妈已算很幸运的人了，这都得益于学老旦哪。”

女儿好似更不理解了，又追问道：“那妈妈你小时候为什么不学别的行当？非得学老旦呢？”

我又何尝不想呢，但说来话长啊……

我曾经是秦腔演员，我的行当就是老旦，可这仿佛是很久以前的事儿了……

我们80级是“文革”后第一批带有专业文凭的专业戏曲学员。

1980年10月1日，我们这批朝气蓬勃的孩子兴致勃勃地走进了向往已久的戏曲摇篮——陕西戏曲学校（后改名为陕西省艺术学校）。一百二十五名学员，来自全省各地乃至西北五省，真称得上是百里挑一啊。入校后分为大班、小班、音乐班。每个进入戏曲殿堂的女孩都有着一个梦想，那就是演主角站在舞台中间。戏曲多是以生旦戏为主，立于舞台中央的肯定是闺阁旦、正旦（京戏称大青衣），再下来就是花旦、小旦、武旦、刀马旦，还有刀子旦（以《周仁回府》的周仁妻、《庚娘杀仇》的庚娘等为代表），末尾排行的才是媒旦、老旦。

老旦在秦腔剧种里并不算一个出彩的行当，剧团里只有条件差的、上不了大戏的才让去演老旦。但是在我们省艺校，老旦却是作为一个行当来培训的。从十三岁起，我便以白发苍苍、面色蜡黄、手拄拐杖、步履蹒跚、灰衣布裙的老旦形象呈现在观众面前，从此开启我的老旦生涯。

依稀往事在心头

一年后，我们开始进入折子戏的学习和排练。定下的折子戏有《断桥》《柜中缘》《盗草》《鬼怨》《杀生》《挡马》《常青指路》等几个经典剧目，听到这个消息我非常兴奋，脑海里不由得浮想联翩……一会儿是《断桥》里的白娘子，一会儿是《柜中缘》里面的许翠莲，一会儿又是英姿飒爽的杨八姐、凄美哀怨的李慧娘……我满怀期待等着宣布角色，“朱佩君，《烙碗记》里马氏。”啥？我没听错吧？我不敢相信自己的耳朵，对我来说这简直是晴天霹雳。启蒙戏让我学媒婆？扮相丑得要命的老婆子？我瞬间泪如雨下，自尊心严重受挫，整个人崩溃了。为这事，我整整哭了好几天呢！

秦腔传统折子戏《烙碗记》是老生、娃娃生唱、做并重的一出戏。演述刘志明继室马氏不贤，为独霸刘之家产，逼志明与其弟志忠分居。后志明与保柱打死人命，志忠怜兄代刑而死。志忠留子定生，与伯父志明相依为命，却屡遭马氏虐待毒打。马氏用滚水烙碗之计，烫伤定生双手，定生因打破饭碗被逐出家门。志明归来，不见定生，冒严寒踏雪寻侄，按脚印追至其弟坟园，见定生哭坟，始知马氏阴毒。剧中，有马氏与保柱设滚水烙碗之计意欲谋害定生这一关键情节，故该戏也以“烙碗”命名。且听马氏上场一声“嗯哼！”，手抓衣袖，扭着腰身，表情丑陋夸张地走向舞台，口中念着板壳子（秦腔的板式）：“青，青布衫子蓝布裙，打扮起来赛观音，那日我从庙门过，人人骂我马柳神，马柳神么……”后一句“马柳神”拖着从牙缝里挤出的长音，扭着腰身撅着屁股，手指恶狠狠地指向前方……哎哟，简直羞得我都迈不开步子，说也说不出来、扭也扭不了，无论刘老师怎么开导，我还是放不开，特别是与小定生对戏时还忍不住偷偷笑。这可把老师气坏了，当机立断地把我的角色换掉了。这个角色由我的师姐杨君接替扮演了。师姐就是个小戏精，她把《烙碗记》里的马柳氏形象塑造得栩栩如生，脸上涂着的两坨红脸蛋儿再配上两道倒八字眉外加嘴角上方点上一个大黑痣的丑旦妆，身穿宽大肥短的丑旦青布花边的衣裙，这个扮相把小小的她点缀得还透着点小可爱呢。师姐人物塑造非常成功。一炮打响了，老师的表扬和同学们的热议，走到哪都能听到："娃把马柳氏演活了""太会表演了，将来一定能成角"。听到这些赞美，我心里酸酸的，真真的有些羡慕嫉妒啊！

《打路》是给我分配的第二个角色，也是我塑造的第一个老旦。我扮演的是去法场祭奠儿子的李老夫人。说实话，我的心里太不服气了！为什么我就不能演排自己喜欢的角色呢？为什么总是把又老又丑的角色分给我呢？

那是1981年冬天。仅有的一个排练场，既要给两个班的近百名学员轮换着上形体课，还得提供给学校的教师排演下乡演出剧目。我清晰地记得，我们剧组被分配在食堂外面的院子里进行排练。虽说心里有一千个、一万个不服气，但排练我还是十分认真的。

至今都清晰地记得：那天天寒地冻，大雪纷飞，我在导演汤桂琴老师的严格要求下，手拄木棍，弓腰屈腿，围着小院一圈又一圈地练习老旦跑圆场。由于太过自卑，也就变得太过敏感。我总觉得同学们都在偷偷笑话我，瞧不起我！就这么边跑边哭，边哭边跑……

剧目试妆的那个夜晚，只见女同学们个个朱粉钗环、美衣锦裙，打扮得活色生香、美若天仙！再看看一个"发髻"放在头顶，加一个"三块瓦"的抹额（也叫额带，老旦的头部妆容）在额头；身着土布白衣灰裙的老斗衣，面色蜡黄，白发白眉，满脸皱纹的我伤心得痛哭流涕，泪水冲花了彩妆。见此情景，史雷校长走了过来，拉着我的手殷切地说："小姑娘，你怎么了？是为了角色的分配吗？只有小演员，没有小角色啊，要知道做成名演员的都是从小角色一步步走向艺术家之路的。"这句话顿时点醒了我，犹如灯塔照亮了我前进的方向，成为我探索老旦表演道路上的奠基石。从此之后，我再不挑肥拣瘦，分什么角色我就认真去学去演，即便是站龙套，我也依然很认真。我想，是金子总会发光的。

《打路》终于要见观众了，人生第一次登上舞台了，我演的老旦上场了……

“采采依采采……”在这个锣鼓点中，我手拄拐杖跑着急步老旦圆场上台，边跑边唱：“黄桂英她父女暗用毒计，害人命赖我儿实在惨凄……”台下此起彼伏的掌声给了我很大的鼓励。这出折子戏是唱做并重的老旦戏，老太太的圆场是一大看点。特别是和嫂子、黄桂英三个人接连着唱词穿插着跑八字圆场更是戏中的精粹。得知屈打桂英，心中非常懊悔地喊了一声“噢……到如今活活地悔煞老娘”的提板也是老旦要彩头的好桥段。首场演出成功了，老师的肯定顿时让我充满自信。热烈的掌声激励着我在老旦的道路上不断前行，我仿佛看到前途无限光明。

从此，我便痴迷地投入老旦的角色领域里，常常对着镜子练习老旦的神态，就连去食堂排队打饭都哼着老旦的唱腔，揣摩着老旦的心理，执着老旦的台步，练功场里大汗淋漓一圈又一圈地跑着老旦圆场……

踏踏实实地苦练，等待最好的时机。

不知不觉，又是一年新学期。学校决定排《窦娥冤》和《游西湖》两个本戏。宣传完毕，我喜出望外，终于有了我好好表现的时机。当我胸有成竹、满怀期待准备好好表现一番的时候，现实却给了我意外的打击。蔡婆婆原来应该分配给学老旦行的我，但却偏偏分给了学闺阁旦的师姐，让我扮演张驴儿的母亲张妈。为什么总是这么不公平呀？不管心中有多委屈，但现实却是无法改变，我心中暗暗发誓，这个小角色张妈我一定要把她塑造好，要让大家知道，我是个好演员。

这天，《窦娥冤》在排练场的舞台上彩排了，我依旧是那套老行头，土衣步裙，白发苍苍，还拄着那根木拐棍。在苦音二六板式伴奏中，我迈着颤颤巍巍的步子上场，用虚虚弱弱的声音唱：“每日里饿得人昏迷转向，张驴儿他本是不孝儿郎，年轻人怕受苦不务正当，害得我到了来无有下场。”张驴儿唱：“你总是慢腾腾一摇三晃，急得人一阵阵好不心慌。”随即不耐烦地推一把，张妈打了一个趔趄，踉踉跄跄倒在地上。老师说：“朱佩君把这个可怜兮兮的张妈刻画得很生动嘛！这就说明，只要用心，小角色也能放大光彩的！”受到表扬，我竟然幸福地掉泪了，从此变得更加勤奋了。

命运却好像总在和我开玩笑。

十五岁那年，因为过度肥胖，我成了学校的“四大胖子”的榜首，那个时候我特别自卑，特别敏感，总是感觉同学们的眼神里带着戏弄和嘲讽，当然也不受老师待见。最可笑又可气的是生活老师用剪子剪了我又多又乱如鸡窝一般的长发，年轻又爱搞笑的音乐老师看到我变成了小刺猬一样的发型，竟然给我起了一个名号“岂有此理头”，惹得同学们哄堂大笑。现在回想起来，曾经以为最不快乐的事情却也是青涩年代的美好回忆啊！

其实我身上有种倔劲和韧劲，我不想服输，也不会服输。大家都戏称我“打不死的小强”。想到学校期间的有些画面，我自己都忍俊不禁。首先要说明，我是很刻苦的。就比如说毯子功吧，女同学都可以下腰抓住脚脖了。可体重一百三十八斤的我太过肥胖，腰是下去了，但抓脚脖就太难。肉太多，没办法呀。上课时，大家看我左拧右拧抓住左边顾不上右边的样子都忍不住偷偷地笑。我不言语不反抗，心里暗暗发誓，再苦再累我也要完成这个高难度的动作，让你们看看不一样的我。我是夜以继日地练，废寝忘食地练，功夫不负有心人啊，我终于抓住脚脖了，尽管形似麻袋，但是我的软度是达到了呀。接着，穿越桌子抢背、侧空翻、旋子（似蝴蝶腾空飞起）等戏曲基本功高难度技巧均已完成。这不，同学们又开始练小翻（后空翻）了，我不能掉队呀，我也要翻“小翻”，老师看了我一眼，摇了摇头，说：“算了吧。”我就一根筋，别人能翻我就能翻。田老师看我委屈得都快哭了，便提示我说：“既然想翻，先去把板带系上。”我一脸无辜地说：“田老师，我系着了呀。”说着，我便扒开被肉肉挤得只剩下一条线的板带，逗得在场的老师和同学们笑作一团。

同学们都开始渐渐地走向舞台正式面对观众和老师们配合演出了。肥胖的我连宫女的衣服都穿不进去，只能在老师的安排下做了一名字幕员，这样就有机会看更多更好的大戏。演出的地点在哪里，哪里就有我的足迹。那些个寒风刺骨的夜晚，在乡间的露天舞台下，人潮拥挤的观众席中，我的脸和耳朵冻得麻木，脚趾仿佛粘在了冰冷的土地上，红肿的双手拿着幻灯字幕条随着剧中人的演唱情绪时缓时快地转动着……

也许是我做事认真且很能吃苦感动了老天，老天也悄悄地开始眷顾我了……

《扈家庄》是京剧四小名旦宋德珠的代表剧目。《昭君出塞》是京剧四大名旦尚小云大师的作品。这两部戏由被誉为“火中凤凰”的秦腔表演艺术家、我们的副校长马蓝鱼老师主演复排，这是昆曲的唱腔和戏曲程式完美结合的两出戏，我竟然出乎意料地被选中参加这两出戏配唱。听到这个喜讯，我简直是欣喜若狂啊。排练中，我认真地观察着马蓝鱼老师的表演，偷偷地学，默默地练，一脚一捶一招一式都牢牢地记在了心里。

“偷经学艺”，老师常说的这句话真的让我很受益。

一个偶然的机会，我被选中给老艺人配戏。那是 1985 年，西北五省艺术家联袂演出在陕西举办，我们学校作为底包（演员及服化道全包）单位连续参加数十场演出。我荣幸地参加了这次活动，并意外地被选中扮演了《五典坡》中的王老夫人。十七岁的我给五十多岁的老艺术家们演母亲，而且这些扮演儿女的可都是西北五省赫赫有名的角儿啊！

“拜寿”那场戏特别热闹，三个姑娘和三个姑爷双双跪拜堂前。老艺术家们跪下的那一刻吓得我赶紧站起来，诚惶诚恐，一时间真不知道该如何表演了。余巧云老师是三姑娘王宝钏的扮演者，被誉为秦腔皇后，老师亲切地对我说："不要拘谨，大胆地去塑造角色，要入戏，这一刻你就是德高望重的王夫人，你就是我们的娘，你坦然地接受我们的跪拜就对了。"瞧瞧，这就是大艺术家的风范！

一次实践也是一次大的提升。

幸运再次降临在我身上。

1986年夏天，全国七省市艺术院校梆子戏会演拉开了帷幕。记得当时参加的有河北省艺术学校、山西省艺术学校、河南省艺术学校等。这几个兄弟学校都挑选了最优秀的学员和代表剧种剧目来进行交流演出。让我感到很意外又很惊喜的是：我们学校唯一的一台折子戏让我参演，其中《三上轿》中的李母、《秦雪梅吊孝》中的商母两个角色都由我饰演。实在是太幸运、太开心了！

连续几天演出，各个剧种优秀青年演员的精彩呈现，让西安这座古老的城市顿时热闹了起来，当时掀起了一股观剧热潮，好评不断！

紧接着，我们学校又将这台优秀的秦腔折子戏带到了山西省，在太原市人民剧院精彩亮相。山西观众也很热情，喝彩和掌声是对我们极大的鼓舞。演出成功了！在山西省广播电台，我们的秦腔折子戏《三上轿》被邀请进入了录音棚，我参加了人生第一次录音。好激动好振奋啊！

总之，艺校七年的生活，忆也忆不尽、道也道不完啊！

我就是一个如此在老旦行当中受益的人

红花还需绿叶配！省艺校毕业的那年，七场毕业大戏，场场都有我的身影。不是张母就是李母或者朱母，我的毕业戏《赶坡》也得到了专家的认可和鼓励。

那几天，我是场场出现，所以，给大家留下的印象就比较深刻。

在同学杨新晓的毕业戏《艾谦传信》中扮演李母，杨新晓扮演艾谦，陈小健扮演嫂子

每场演出结束，都会有来自省市各个团体的老师找我谈话，欢迎我加入……天哪，现在回想起来，那时的感觉真是如梦如幻！这就是老旦带给我的荣誉啊！当我接到各个团的邀请，虽然是做绿叶，但也是求之不得，一时间有种飘飘欲仙的感觉。更幸运的是，当时陕西省戏曲研究院秦腔团排练大型秦腔历史剧《千古一帝》第二部，我因被选为剧中老旦华母的扮演者提前招进了西北五省最高的艺术殿堂——陕西省戏曲研究院秦腔团。这可是被誉为西北第一团的大团啊！这里聚集了秦腔界的诸多名家。被誉为秦腔领袖的任哲中老师，西北第一丑角闫振俗老师，著名演员贠宗翰老师、马友仙老师、郝彩凤老师，戏曲梅花奖获得者李东桥、王新仓……可以说是西北五省名家荟萃的地方。更幸运的是，刚踏入社会进入工作单位，就能与这些名家合作，能将我对老旦的那点所学融入到团里每个我能参与的剧目中。而且与名家配戏合作中，还能得到老师的指点。比如，在秦腔古典戏《抱妆盒》中，任哲中老师演陈琳，我扮演刘妃，其中有这样一个表演桥段，阴险的刘妃审问搭救太子的陈琳："陈琳，妆盒里边放着何物？"陈琳赶紧跪下回话。几番排练，我的人物塑造都有些欠缺。为了激发我的表演情绪，让人物形象更饱满，年近六十的人民艺术家任老师一遍又一遍地反复下跪配合我投入地表演，老师的敬业精神感动了我，

让我真正认识到什么是德艺双馨，什么是“戏大如天”。

后来，我塑造的老旦角色接二连三地亮相于舞台，也得到了大家的肯定和喜欢。“只有小演员，没有小角色。”这句话，我信了！

由于行当的优势，当年在西安市首届石榴花大赛时，时任五一剧团团长的著名秦腔表演艺术家李爱琴，特意给我们团发来借调邀请，我有幸参加了西安市的石榴花戏曲大赛，为分配到五一剧团的艺校同学时笑进、李锦航和青年演员李群配演了《喜荣归》中嫌贫爱富的崔母、《三上轿》中悲痛欲绝的李母、《黄逼宫》中雍容华贵又心狠手辣的母后。三个人物形象鲜明，性格迥异，表演起来非常过瘾。我也得到了不同的角色体验，真是收获满满啊！

一切舞台上的表演都是艺术美的呈现，即便没有青衣花旦的华丽服饰、精致的妆容，老旦作为戏曲舞台上的女性形象，它自身的风韵之美，也是魅力无穷的。

《对花枪》又称《花枪缘》，是讲隋朝末年，罗艺少年时，进京赴考，途中病在姜家集，被姜桂芝父亲救回家中，并让女儿姜桂芝向罗艺传授姜家花枪。二人一同练习花枪，彼此爱慕，由姜父做主，结为夫妻。一年后，罗艺再次赴京应试，时姜桂芝已身怀有孕。离别后，音讯难通。姜桂芝因父母亡故，携子离开家乡，流落在龙口村。隋朝战乱四起，罗艺投奔瓦岗寨，又娶秦氏，生子罗成。四十年后，瓦岗寨史大奈、尤俊达到龙口村借粮，姜桂芝因而得知罗艺在瓦岗寨，遂带子罗松、孙罗焕投瓦岗以求团聚。罗艺既怕见责于秦氏和儿子罗成，又怕在众人面前有失自己长者尊严，因而矢口否认和姜桂芝的姻缘。姜桂芝见罗艺忘了前情，气愤至极，披甲上马，定要在瓦岗寨众将面前和罗艺比武对花枪。罗艺无奈只好应战，结果被姜桂芝打下马来，罗艺羞愧万分，认妻谢罪。姜桂芝在众人劝解之下与罗艺重归旧好，一对老夫妻又得团圆。

此剧移植为秦腔《花枪缘》，我是第一个将姜桂枝这个文武老旦形象呈现在秦腔舞台上的。

记得那是 1990 年盛夏，为了完成这部唱念做打全体现的戏，为了塑造一个有血有肉饱满鲜活的人物形象，我大量收集资料，买来京剧郑子茹、豫剧马金凤的两个版本的《对花枪》剧目的录像带录音带，反复看，认真学，从中吸取各剧种之长。我的老爸也认真投入其中，精心移植编剧，秦腔版本的《花枪缘》就这样正式形成了。

正值三伏，天气灼热得令人窒息。当时我们院的排练场条件比较艰苦，又没有空调，高高悬挂在顶上的两个风扇传来的风都犹如热浪一般。我每天背着靠旗、头戴翎子、脚踩厚底靴子，提着花枪泡在练功场一遍遍地苦练技巧。汗水渗透了我的戏装，泪水洗刷着我的视线。在导演胡正友和杨通民两位老师的严格要求下，我终于完成了难

1990 年，朱佩君天水下乡演出《对花枪》

度最大的枪下场。首场演出的情景，我现在想起来都兴奋。且看舞台上老夫妻战斗打响……桂芝与罗艺一趟小快枪之后以朝天蹬亮相。紧接着，枪下场走起，耍枪花过程中，台下掌声雷动，只见我将枪抛于空中转身背接枪……“好！”叫好声火爆了全场，再看我鹞子翻身后紧催步提枪亮相……“好！好！”观众真是太给力了！二次上场，一个回合，罗艺败阵，道白：“桂芝，难道你就不念这数十载夫妻的情义吗？”桂芝心颤悲声道：“四十载么……”尖板起“提起了四十载夫妻情义……”四五十句的唱腔结合了二导板、慢板、二流、剁板等秦腔板式唱到团圆才结束。后半段戏多是以情带声，声情并茂去塑造人物形象。在人物性格的刻画和对老旦演唱与表演风格上都作了较大幅度的探索与创新，达到我一直在老旦表演艺术上所追求的理想境界。这也突破了秦腔老旦戏局限，在唱念做打各方面都创造了新颖独特的风格，更有了扎大靠、穿厚底、提枪下场的独创。核心唱段高处高亢激昂、低处婉转深沉，中音饱满深情，字字珠玑，荡气回肠。使一个精彩的文武老旦形象呈现在秦腔舞台上，让老旦这个行当大放异彩。导演要求我在演唱时要唱出传统戏的风韵美，即吐字清楚、喷口有力、行腔流畅、韵味醇厚，中气尤其要充沛，唱起来要有穿云裂石的力度和气势，这样的要求为我的唱功打下了很好的基础。唉，只可惜我半途而废，无奈告别了舞台，告别了我那身用纯金线刺绣的黑色女靠，告别了我那个穿得富丽堂皇、演得威风凛凛、唱得酣畅淋漓的姜桂芝了。

每当站在绚丽多姿光彩耀目的舞台之上，我就会瞬间进入角色，我便是戏中人，全情投入地穿越古代与现代……演绎着各种身份的老旦……

那是1989年，团里恢复排演现代戏《江姐》，导演是任保国老师，我很荣幸地分到了双枪老太婆这个角色。真是意外的惊喜啊！那可是院里的一台重点剧目，参演的都是团里的重量级演员，著名秦腔表演艺术家郝彩凤老师扮演江姐，第三届中国戏剧梅花奖得主、著名青年演员李东桥演叛徒甫志高，著名演员卫保善老师演游击队长老蓝，著名青年演员王新仓扮演华为，资深演员徐炎老师扮演反面人物沈养斋，唯有我年纪最小却被选中在剧里扮演年纪最大、德高望重、智勇双全的双枪老太婆。当时，团里颇有争议，导演任老师坚定地说："这娃没问题，很会演戏，一定能完成好这个角色。"

《江姐》上演后反响真的很不错。

我清楚地记得华蓥山的那场戏，也是我的重头戏。开场时我背对观众，双手叉腰，远望群山的剪影造型又在眼前浮现……在尖板"热血染红满天云"的演唱中，二幕徐徐拉开……我随着音乐慢慢转身亮相："革命人永远青春，永远青春，老彭啊，身虽死，志长存，你好比苍松翠柏在山林……"台下掌声雷动，至今忆起都会使我热血沸

郝彩凤老师扮演江姐，朱佩君扮演双枪老太婆

腾……面对江姐，心中暗自酸楚，彭松涛被敌人杀害的消息要不要告诉江姐的那一段，与江姐对唱“相对无言难开口，各有话儿压心头……她千里迢迢初到此，怎能把不幸的消息出口头？一颗心好似箭穿透，千滴泪偷往肚里流，强颜欢笑免惆怅，且把悲痛压心头”。这段与江姐的二重唱要把慈母的爱、革命人的高尚情怀和大义凛然的英雄气概表现得淋漓尽致。

《江姐》公演后得到了强烈的反响。但最初排练时的尴尬如今回忆起来，仍让我忍俊不禁！由于郝老师与我年龄相差太大了，比我母亲年龄还大呢，舞台上还得叫我妈妈，排练时我难免就会有些不好意思。特别是华蓥山相见，江姐叫声“妈妈……”便迎上来与老太婆拥抱的那个环节，我刚开始顾虑太多总是害羞笑场。著名的老旦演员闫冬贤老师（原版双枪老太婆扮演者）一遍遍地亲自示范表演和辅导，我才慢慢地克服了心理障碍，精准入戏。因为演古典戏程式化的东西太多，老师耐心地教我如何演现代戏的革命英雄老太太形象。双枪老太婆是我学习的第一个现代戏人物，这是一位饱经沧桑的革命老人，她的内心世界里有革命的重任，有失去亲人的伤痛，有对江姐不是亲人胜似亲人的大爱，体现革命人的壮志情怀。要求演员尽力抓住每一处能发挥的细节，加以夸张渲染，以革命之情和母女之爱兼容并蓄，增强双枪老太婆这位善良可爱可敬的革命老奶奶的感染力。现代戏的表演要求贴近生活，以适应当代观众的审美习惯，这其实是意味着戏曲的变革，更直接地说，是要求演员既不抛离传统又得以在表演上给观众以耳目一新的感受。演出成功了！虽说我和郝老师年龄相差近三十岁，但舞台上丝毫没有违和感。此剧还作为精品在二十世纪九十年代初的陕西电视台年年播出呢。

一个戏曲演员的真正舞台，是在老百姓的心坎上。我曾经站在戏曲舞台上无数次地扮演着秦腔老旦的角色。感动了观众，也感动了我自己。那是一段最令我难以忘怀的时光。

1990 年冬天，我们团在甘肃天水下乡演出。那晚演的是《窦娥冤》。那真是个难忘的夜晚啊！尽管雪花飘飞，寒风凛冽，但丝毫没有影响到台下观众的看戏热情。放眼望去，乡下露天舞台下乌泱泱人头攒动，墙上、房顶上、树杈上、架子车上都拥满了看戏的人们。孩童们趴在台口两边目不转睛地看着舞台上的表演。左红老师扮演窦娥，我扮演窦娥的婆婆蔡婆婆。随着剧情的深入，台下掌声此起彼伏。《杀场》一折，我刚上场一句“放大胆杀场——来、来、来祭奠……”，一串趋步扑到台口。“好……”随着一片叫好声，雷鸣般的掌声顿时响彻在麦积山的夜空……演出结束，后台出口已被围得水泄不通，观众们纷纷称赞道：“这娃演得太好了，本以为是四五十岁的老演员哩，没想到是个这么年轻的娃扮演的。”“哟，这蔡婆婆这么年轻，演得像，唱得美，好把式！”那一刻，别提我心里有多美了！

1991 年正当我的事业处于上升期的时候，却因一桩婚事未果招来了毁灭性的打击。从此，我被迫告别最心爱的舞台，我的人生就此跌落到了谷底。

苦难是人生的老师，教会我擦干眼泪笑着前进。秦腔，伴随我经历着人生的风风雨雨。

不管我身在何处，都忘不了生我养我的家乡，魂牵梦萦的依然是我最挚爱的秦腔。

1997 年夏日，陕西省第二届青年演员折子戏大赛启动了。刚从国外归来的我得到这个消息兴奋极了，掩饰不住对秦腔的挚爱，踊跃地跑到阔别八年的秦腔团报名。没想到得到团里的支持！但条件是自己学戏，自费参赛。得到允诺，我实在开心极了。

随着人生阅历的丰富和对各门类知识的吸取，我对老旦行当的认识和理解也日益加深。跟随着这一进步，我找到了一出非常难演但也令我痴迷的戏，那就是传统戏《清风亭・盼子》。决心已下，我立即去拜访著名秦腔演员王婉丽老师，因为在我眼里她就是秦腔界最棒的

“老旦”，一个真正会演戏的人。王老师也是秦腔团的著名演员，对我的遭遇比较了解也非常同情，对我的表演也比较认可。老师语重心长地对我说：“佩君，你要想学，我就把这点本事传给你。七天后就要参赛，时间紧，任务重，可千万不能放松，咱不蒸馒头要争气，这次一定要拿个大奖，你得有信心。”我感激得连声答道：“行，行，王妈只要能教我，我一定好好学，绝不给你丢脸。”就这样，我们娘俩达成协议，每天到老师位于京剧团的家属院四楼家中学艺。嗨，我这学戏可都是赶在烈日炎炎的夏季，每日顶着日头来回跑，后来索性直接就住在了老师家里。老师一板一眼、一脚一捶地教着我，从身架到眼神，一个细节都不放过。要求过于严格，还真让我这离开舞台多年的人一时间有些吃不消，还真有点蒙圈了。这时，只见老师的妈妈、九十岁的奶奶弯腰弓背地慢慢走了过来，老师说：“快看，就像奶奶这样走，多观察奶奶的神情，先努力模仿她……”我赶紧地跟在奶奶身后认真地模仿起她走路的样子。七天过得可真快呀！转眼间，比赛就开始了。要说对我还是不够公平，我并未像团里其他同事一样在剧场演出，而是被安排在排练场给考官表演。没有大幕，没有灯光，下午两点的排练场，被太阳晒得热腾腾的，考官们手摇着扇子坐成一排，一声“开始……”。音乐声中，我白发蓬头，衣衫褴褛，惨凄凄颤巍巍地走出来，口中喃喃地呼喊着：“继宝，继宝……忆往事心酸痛悲凉凄惨，一桩桩一件件犹在眼前。想那年我夫妻赶场回转，风又大雪又急步履蹒跚，行至在清风亭周梁桥畔，桥墩下拾了个小小儿男。这才是苍天有眼遂人心愿，暮年得子好喜欢……恨不能让我儿站立在娘的面前……”这是开场的一段大唱段，末尾的掌声证明这个开场已经吸引住考官。

《清风亭》也叫《雷打张继保》。话说薛荣妻妾不和，妾周氏生下一子，被迫抛在荒郊，被以打草鞋为生的老人张元秀夫妻拾得，取名张继保，抚育成人。十三年后，张继保在清风亭被生母周氏带走。张元秀夫妻思儿成疾，每日到清风亭盼子归来。张继保得中状元，路过清风亭小憩。张老夫妻前往相认，但张继保忘恩负义，不肯相认，把老夫妻当成乞丐，只给他们二百钱。老婆婆悲愤已极，把铜钱打在他脸上，夫妻相继碰死在亭前；张继保也被暴雷殛死。

《盼子》是重场戏，贺氏思子成疾，哭坏了双眼，整日在家倚门盼子。悲凉的曲调开场，贺氏口中喃喃地呼唤着："继保，继保……"拖着虚弱的身体，拄着拐棍，颤颤巍巍地出场唱二导板："忆往事心酸痛悲凉凄惨，一桩桩一件件如在眼前，想那年我夫妻赶场回转，风又大雪又急步履蹒跚，行至在清风亭周梁桥畔，桥墩下拾了个小小儿男。这才是苍天有眼遂人心愿，暮年得子好喜欢……"这前半段属叙述性的，唱间运用了二导板、苦音慢板、苦音二六等板式，最煽情的当数其中喝场部分，然后散板落音。当老头端着汤药让她饮用时，她厌烦地摆着手摇着头拒绝，瞬间又似乎想起什么似的力薄气虚地说道："老头子，昨晚我做了一个梦，梦见我那继保孩儿脸黄黄的，身子瘦瘦的，我的继保孩儿他好像是生了病了。"说罢便掩面大哭起来。老头越劝她越生气又唠叨起来："都是你个老天杀的，把我儿赶着跑了，气着走了，白白地就送给人家了！你还我的儿子，你还我的儿子。"紧接着一个七锤代板（秦腔板式）："都是你贪富贵鬼迷心窍……（接双锤板）都是你老天杀妄想攀高，都是你清风亭胡说乱道，都是你不念我，做娘辛劳，凭一纸放走了我儿继宝，害得我……害得我茶饭不进坐卧不宁，朝思暮想哪一夜不等到五更梆鼓敲。（静场转轻声唱）每日里倚柴门望断周梁道，张继保狠心不把娘来瞧，我病恹恹有谁照料，可怜我白发人无有下梢。可怜我风烛残年将谁靠，可怜我似枯草被弃荒郊，老天爷你为何不主公道，为什么穷苦人永受煎熬，骂老汉骂得我口干舌燥，气充胸膛似火烧，拄拐杖，我与你把命拼了，不还我儿我气难消。"说着便与老头子撕扯起来，贺氏挽起袖子抓着拐杖摇摇晃晃地走着趋步（戏曲程式）向老头抡去，老头躲

朱佩君扮演贺氏，杭立文老师扮演张元秀

闪，贺氏扑空在地，老头赶忙上来扶她，她遂又抓住老头扭打起来，二老双双摔倒在地上……静场几秒，两人慢慢爬起，贺氏似乎一下清醒，连忙向前爬上几步抓住老头急切地问：“老头子，老头子，你摔坏了无有？你摔坏了无有？”老两口都急忙搀扶着对方上下打量，继而相拥而泣。

后面的那段道白：“姥姥，我心中烦闷，你扶我到外面走走……”老两口相互搀扶着，同时迈步踏着底锤：仓，仓，仓，沙拉拉……一阵风袭来，老太太虚弱地倒入老头怀中，继而悲凉的音乐响起……思子成疾的老太太对自家门外的路明显地陌生，老眼昏花向前探望……走到右场口问道：“老头子，这条路是通往哪里去的？”“四川去的。”“噢噢——四川去的，四川去的……”表情迟钝地边唠叨着边挪步台中……“咦，那这条路是通往哪里去的？”“这条路是通往县城去。”“噢噢，通往县城去的……”要表现出好似回忆起又不太确定的感觉走至左台口，眼前好似有些熟悉，赶忙问老头：“那么这条路是通往哪里去的？”“这条路吗……”这句话戳到老头的痛处，贺氏发现老头的神情不对，一定有隐情，急切地催问：“通往哪里，通往哪里的呀？”老头伤心欲绝颤抖着说：“是通往清风亭去的。”老头掩面而泣。这时，并没用传统的秦腔大声号啕来表现，而是绞尽脑汁地努力回忆，强忍心痛又不愿确信地抓住老头：“你我的儿子可是从此路而去？”“正是从此路而去！”听罢老头的确认，贺氏心头一揪，从牙缝里挤出凄惨的呼喊：“啊……”随即踉踉跄跄后退数步，老头急忙上前搀扶着定位亮相，贺氏颤抖地喊道：“张，张……”（已泣不成声）声嘶力竭地喊出：“张继保……”随即扑倒台口。

《盼子》这折戏的成功，关键在于人物塑造上下了大功夫。关键是要走进人物的心灵深处，才能形神兼备打动人心。表演变化层次要清晰。比如前面分析的“三探路”，结尾时的“三回头”都是很深抓人心的。第一回老头说：“姥姥咱们不看他了，咱……回。”贺氏失望地可怜地瘪着个嘴，迟暮的眼神不舍地流连张望，在老头的搀扶下慢腾腾地挪动着那如灌了铅般的双腿，强咽着泪水，嘴里低声嘟囔着：“不看他了，不盼他了，回……回……”但又似发现了新情况，急忙用袖口擦亮眼睛向前扑去：“老头子，你看，那不是继保吗？我儿回来了，我儿回来了……”老头向前仔细观望后说道：“那不是继保，是隔壁的小乙……”贺氏不甘心地再擦擦眼睛向前望去……渐渐地发现是自己认错了，失望地摇着头反复唠叨着：“哦，是小乙，是小乙……”随着老头脚步向回移动，快至上场口又抱着最后一丝希望向前方扑去……戏毕！

在演绎《盼子》这折戏的时候，我尤其能体会到暮年得子又突然失去的悲痛欲绝的感觉。贺母思念爱子心痛欲绝，哭瞎了双眼，贫病交加，又担心儿子在新家受虐待，这其中有爱与恨的纠缠、希望与渺茫的交织，运用秦腔板式的变化来体现人物情感的起伏令观众产生共鸣。这折戏将贺氏悲伤欲绝的感情体现得淋漓尽致。我也是凭这段表演彻底得到了评委的认可，赢得了热烈掌声。时任秦腔团业务副团长的著名秦腔表演艺术家、被誉为秦腔百灵鸟的马友仙老师代表评委作了发言："好，这折戏演得真好！我很少夸谁，但这娃的表演真的把我打动了。祝贺，演出成功了！"老师夸得我脸上发烧，心怦怦在跳，感激之情都无以言表。果然没给师傅丢脸。我还清晰地记得颁奖会场设在北大街人民剧院。那天晚上剧场爆满，来自全省各地的参赛演员都紧张地等待着评奖结果。先宣布的是优秀奖得主，没有我啊！有些小失落，三等奖，还是没有我啊！心情有点紧张起来……紧接着二等奖，依然没我！这下真的泄气了！"现在宣布一等奖"，屏住呼吸，期待着最后惊喜……"第一名，朱佩君。"天哪，我简直都不敢相信我的耳朵！一百七十六个参赛剧目我竟然能得第一名？坐在身旁的王老师激动地抱着我说："女儿成功了！咱是头奖头名！"绚丽多彩的舞台，沉甸甸的奖杯，我犹如做梦般站在了领奖台前……

每当听到秦腔的旋律响起，瞬间便激活我的每一根神经，慷慨激昂、直击人心的秦音，顿使我热血沸腾、激情四射……

1999 年参演的新编历史剧《长城歌》是我重新返回剧团里的第一出大戏。这出戏可是团里的重点剧目。这出戏演的是秦始皇号令修筑长城的故事。全剧里面只有两位女性角色，我幸运地扮演了到长城给儿子送寒衣的华母。这个角色第一版本是孟姜女哭长城，其中"只说是千里来相会，妻来迟君赴黄泉无会期，无会期……"这段唱腔堪称经典，一直被观众所喜爱传唱至今。但当时因特殊原因，戏曲专家提出意见，改为老旦，显得行当齐全，也会使整出戏变得更丰满，这不，我的幸运又来了，由于"中城之星"青年大赛中我再一次参演《盼子》获得一等奖的优异成绩，此次华母这个角色，团里就信任地分给了我。天哪！我简直太幸运了！你知道吗？在西北最大的艺术院团，在如此重要的历史大戏中扮演重要角色那是多么不容易啊！

这部大剧在化妆造型上吸收了电视剧的特点，舞台美术结合高科技声、光、电、音效技术，场景效果逼真，音乐配器一流，堪称一部视觉盛宴。你来看，二幕里一句尖板：“离家乡千里寻儿去……”伴着苍凉的音乐，灯光渐渐亮起……背景投影里，劳工们正在监工的鞭打下修建长城，舞台上北风嚎叫，鹅毛大雪徐徐落下……华母在众多送寒衣村妇们的伴演中步履蹒跚地走上台前……“顶风冒雪送寒衣，一步一跌倒雪地。”一共唱了三句，台下便掌声如潮。导演贺林老师高兴地说：“美得很，老佩一上去就给咱要个白馍。”（行话，就是赢得了满堂彩）

虽说都是老旦角色，不同的角色塑造也会给观众带来不同的观剧感动。

仔细回忆一下，我塑造的舞台形象真可谓富的富来贫的贫。富贵的有以《抱妆盒》《黄逼宫》等为代表的雍容华贵的皇后、皇妃；贫的那就太多了，如《盼子》《杀狗劝妻》《放饭》《桑园会》等剧目中的贫苦老太太形象。游走在贫富差距很大的两种角色中，也是件很过

朱佩君在《长城歌》中扮演华母

1989 年朱佩君在《放饭》中扮演朱母，李九龙老师扮演朱春登，王婉丽老师扮演赵景棠

瘾的事。

再说说《放饭》（又称《朱春登舍饭》）。秦腔传统戏《放饭》是《牧羊圈》之中的一段折子戏。黄龙造反，朱春登代叔从军，婶娘内侄宋成伴送。宋慕朱妻赵景棠，途中暗害春登未成，回家谎报春登战死，强求朱妻。赵拒不从，婶娘恨之，遂逼朱母、朱妻山中牧羊。朱春登平叛立功，封侯归省，婶娘谎说朱母、妻已故，只罪杀宋成。朱春登至坟园哭祭、舍饭。其时妻、母行乞至，认出是自家坟园，母失手碎碗，朱唤赵氏进棚问话，夫妻相认，母子团圆。

我在剧中扮演沿街乞讨的朱母，不小心打碎了媳妇乞讨来舍饭的饭碗，当时吓得惊慌失措，战战兢兢地上堂回话。她不知面前的大官朱春登就是自己的儿子，急忙跪倒在地不停地磕头说道：“哎呀大老爷，我老婆福薄命浅，吃舍饭打了你的小碗，等我儿回来，我赔你个把把老碗，求你再不要为难我家媳妇了。”每每演到此处，必会引起观众共鸣。

秦腔《杀狗劝妻》出自本戏《忠孝图》。是小生、泼旦、老旦三个行当的做工戏。演述曹庄辞官归里，每日打柴奉母。其妻焦氏不贤，故意刁难婆母，动辄出手打骂，恶言相加。曹庄知之，乃以良言相劝，焦不听反与之夺理强辩，曹庄大怒，持刀杀妻，突见家犬，曹杀之以儆焦氏。焦氏惧怕，乃向婆母赔罪求恕，从此，全家和美。

我在《杀狗劝妻》中扮演曹母，是一个胆小怕事儿、活得小心翼翼的乡间老太太。被儿媳妇打骂后委屈难禁，告诉了儿子又怕两口子打闹。她在前半场和儿子的对话："为娘给你讲，你千万不要和你媳妇吵架，人家娘家人多。"这一句道白将老太太胆小怕事、委曲求全的心理表达得很清晰。当听到儿子曹庄说："人多便怎么样?"老太太悲伤无奈地说："说是你来看……为娘就剩下我儿一个呀。"这时已经泣不成声。后半段，恶狗扑来，老妇软倒在地，边用拐杖拄着向前爬行边喊："打狗，打狗。"每演至此，台下便会掌声不断。在焦氏悔悟后，从地上取回钢刀不小心拍上桌面的时候，老太太吓得软瘫在地说："我当你是杀妈呀！"此句必引得观众哈哈大笑。我饰演的曹母深得观众认可，角色塑造算是成功的。

唉！往事不想再提，生活还得继续。人生不就是在挫折中成长吗，感谢曾经的苦难，让我历尽磨难蜕变成今天这个模样的自己。

秦腔也早已成为我生命的一部分，我与秦腔的"情缘"未尽，我的生活也从未离开过秦腔。

2002 年，我因工作调动不得已离开了最依恋的舞台，调入了中国艺术研究院《艺术评论》杂志社工作。也就是从那时候起，我开始学习散文创作，著名文艺评论家阎纲老师就曾说过，朱佩君写散文得益于秦腔的滋养。

是啊，如果没有秦腔，没有老旦，那我的写作将是无味的。

记得前几年随作家采风团回西安参加活动，当地领导出席接风，主办方请了市里的几位秦腔名角前来助兴。品家乡美食，听名家名段，实在是太过瘾了！当板胡响起的那一刻，我的神和魂都飞进旋律里去了。听得太投入，不由得进入剧情跟着名家哼唱起来……当地领导惊愕地看着我：“北京的美女作家也会唱秦腔？”周明老师一脸微笑又用神秘语气操着一口纯正的陕西话说：“这娃爱听戏，也会唱上一半段呢。听见乐器就喉咙痒，要不叫她也试一下？”话音落下，热情的掌声就响起来了。我心中暗暗窃喜，也自然当仁不让了。“我是个票友，唱得不好，大家多多指教啊！”说罢，我接过话筒，思量着，这可是一次难得的机会啊，我得找一段煽情的大唱腔，好好地过把秦腔瘾。“那我就学唱个三堂会审吧。”大家窃窃私语道：“哦，这段戏难度很大啊！”且看我入戏起范，一个叫板：“大人，容禀了。”“好！”一开嗓便赢得了满堂彩。我一板一眼全情投入地唱完了这段大戏。“太棒了，唱得很专业啊！”“这北京人也能把陕西秦腔唱得这么地道。”大家小声地议论着。这时，周明老师哈哈大笑说：“其实呀，我是给你们打了个小埋伏，朱佩君本就是咱地道的陕西人、三原娃。她从小生活在秦腔世家，以前也是省戏曲研究院的一名优秀演员，后来工作调动到北京，无奈改了行。这娃实在太爱戏了。”

听了周老师的介绍，领导恍然大悟地说：“难怪，一听就是科班出身。原来是戏曲研究院的。在团里学什么行当呀？”我不假思索地答道：“老旦。”是的，我是学老旦的，我也爱老旦这行。

不知不觉告别舞台已二十余年，但是秦腔一直伴随着我经历岁月的变迁，老旦这个角色无疑是最光彩夺目的……

如今，北京已有十多家票友剧社，我也会利用假期时间加入其中。最近我又唱起了《盼子》，随着年龄的增长、阅历的积累，现在呈现出来的贺氏似乎更厚重、更有沧桑感了。

每一次角色塑造，都是经历一次新的人生……

每一次慷慨激昂苍劲悲壮的音乐响起，我的灵魂也跟着升腾……

如果说我这跌宕起伏的前半生是一场苦旅，那么，老旦就是旅途中最亮的那道光。

老旦不老！

时光中的小院

一场大雪无声无息地以最美的姿态悄然出现，瞬间将我的小院装点成银装素裹的世界。我抬头仰望着北京的夜空，思绪万千，洋洋洒洒的大雪如白羽毛般在空中舞动，晶莹剔透，婀娜曼妙，与庭院的灯光交相辉映，呈现出诗一般梦幻的意境……眼前的美景仿佛奏响了一支欢快的迎春圆舞曲，意味深长地湿润了我的美丽乡愁，脑海里又回放起那些年我曾住过的小院……

我的家乡在三原，是陕西著名的文化大县。幼年生长在乡村舅舅家的我，是在七岁那年回到县城里上学的，那是1975年。

那年代，县城居民的住房是由房管所统一安排的，我们家居住的院子叫杨家院。杨家院历史悠久，民间流传着“先有杨家院，后有三原县”的说法。总之，那是一个有故事、有底蕴的院落。

杨家院坐西面东，分为南院和北院。我们家就住在北院。

北院住着六户人家。踩着石砖铺砌的小巷进北院，最先看到的是葡萄架，再进去便是南北相对的两排厢房。顺着凹凸不平的小窄巷走到头便是我们家。

前院的小姑娘叫刘建，聪明灵巧，活泼开朗，是我在小院里最好的玩伴。她的父亲在盐店街上的寄卖所上班。那时候，她也时常拉上我去寄卖所参观那些个稀奇的玩意儿，有变了形的旧高跟鞋、老式摇把电话、留声机、镶嵌着翠绿翠绿的小烟嘴的烟袋锅子、镶着金边的茶色老石头镜……那些场景至今忆起依然很清晰。

南边的厢房里住的是中山街小学的音乐教师，姓周，独自带着女儿生活。他的女儿皮肤白嫩，文静漂亮，是一个腼腆乖巧的孩子。周先生也是我的音乐老师，给我上过一阵子音乐课。因为教学方式过于守旧，所以课堂上总是略显沉闷。直到有一天学校新来了一位年轻的男音乐老师，课堂上一下子变得沸腾起来了。新来的老师叫宗梨江，二十出头，身材高大，英俊帅气，关键是非常风趣幽默，多才多艺。他拉着手风琴唱着歌，洪亮的嗓音瞬间征服了我们这些顽皮的学生。与他的新派教学方式相比较，周老师略显守旧的教学方式明显是逊色了许多。每当我们在院子里兴致勃勃地聊起宗老师时，周老师的脸上顿时流露出些许的不开心。老爸晓得此事后，便把周老师请到我们家，他俩围在火炉边促膝长谈，一小盘花生米一壶小酒，“哥俩好哇，八匹马呀，六六六哇……”。嘿，这老哥俩还划上拳了。

北院最美的地方当数我家门前的那一片花园了，里面有鸡冠花、大丽花、菊花等，最耀眼的当数中间那棵大石榴树了。说起那棵树，还真有许多令人捧腹的事呢。小时候犯了错，难免就会被老爸揍上一顿。日子久了，自然就有了好对策。但凡瞅见老爸发火准备抓笤帚，我便“嗖”地转身逃脱，猴子般敏捷地爬到石榴树上。老爸怒气冲冲地站在树下用笤帚把儿指着我厉声喝道：“你给我下来！”我站在树杈上挥舞着小拳头表现出一副顽强不屈的样子，放声高唱：“打不死的吴琼花，我还活在人间……”惹得围观的邻居们捧腹大笑，老爸也被气得哭笑不得，无奈收手。

小院的人们都非常和善，邻居相处氛围总是其乐融融。葡萄熟了的时候，前院的刘伯伯就会把剪下来的葡萄挨着个地送到每家每户；石榴丰收的季节，我们大家一起采摘，共同分享。父母下乡演出，邻居叔叔阿姨也会时常关照我们，谁家做了好吃的都不忘给我们姐弟仨送一些。那时候，我们还成立了学习小组，常常搞学习竞赛，也争做好人好事。春季里，一起给学校的猪场打猪草；夏季里，响应政府号召，和大人们一起“除四害”，还一起给县里的纸箱厂糊纸盒……

在那个物质生活匮乏的年代，没有网络，没有游戏，更没有MP3、手机，除了偶尔看看剧场演出的秦腔戏和各类文艺宣传队的节目之外，“小喇叭”广播里的孙敬修爷爷，可是我童年里最亲切的朋友。每到下午3点40分，院里的小伙伴们便各自拿上小板凳，准时围坐到花园里的石板桌前收听“小喇叭”，这个画面如旧照片般被定格在那个年代，永远封存在我的记忆之中。

我还清晰地记得，老爸用一块块捡来的木板和砖头给我们姐俩搭建了一张又小又窄还晃晃悠悠的小床，我们小心翼翼地挤在上面休息，夜间偶一翻身，床板便会掉下一块。所以，半夜起来搭床板这事儿，我们姐俩也早已习以为常。

因为粮食紧张，我们姐俩常常为争馒头打得不可开交。外婆想了一个妙招，将蒸好的馒头一分为二，用两个小碗扣在上面，玩魔术般地交错晃动后让我们自己来选择。这个办法终于使我和姐姐停止了“战争”。当时最渴望的就是过大年，因为过新年就能吃上一顿萝卜油渣馅的饺子，就可以穿新衣、放鞭炮……

1978年12月，党的十一届三中全会在北京召开，中国开始实行对内改革、对外开放的新政策。“忽如一夜春风来，千树万树梨花开”，改革的春风吹遍祖国大地，人们的日子也一天比一天好起来了。

1982年，也是我考上省艺术学校上学后的第二年，我家搬出了杨家院，被重新分配到东关体育场对面的老式大杂院居住。两间平房一间小厨房，房子宽敞了，爸妈脸上的笑容也多了。家里陆续添加了像样的家具，还有凤凰牌缝纫机、电风扇……暑假的一天，老爸兴冲冲地跑回家，将一个砖块大的黑盒子摆在我们面前，表情神秘地说："这叫录音机，可以把人的声音装到里面来保存。"我们好奇地睁大眼瞅着眼前这神奇的物件。老爸兴奋地说："我喊开始，你们就说话啊。预备——"我紧张地屏住呼吸。"开始！"老爸话音落下，现场顿时鸦雀无声，唯有老妈踩缝纫机"咔咔咔"的声音流进那个新奇的留声盒子里。

又是一年辞旧迎新时，我们家终于添置了令人羡慕的黑白电视机。除夕的晚上，那是最激动人心的时刻。邻居们围坐在我们家里，聚精会神地观看中央电视台的首次春节联欢晚会。那年，是 1983 年。

从此，中央电视台的春节联欢晚会成了喜闻乐见的娱乐形式，新颖的节目，成为老百姓每年除夕夜的视听盛宴。不知不觉中，春晚已伴随着我们度过三十七年漫漫的岁月。

初到北京时，总是感到"此心安处是吾乡"。如今二十年过去了，才发觉最眷恋的还是魂牵梦萦的家乡。

每次放假回家乡，我总是下意识地到杨家院、东关的大杂院去看一看，虽已物是人非，但看到家乡日新月异的变化，心里总是暖暖的，有一种说不出的情愫。而今年纪越大，思乡之情也愈加浓厚，脑子里总是闪烁着四十多年前在小院里生活的那些个生动的画面和那些难以忘怀的人和事。

几十年过去了，曾经的他们都还好吧！

2020 年 1 月 15 日

父亲的戏梦人生

带着悲剧色彩来到这个世界的父亲，硬是靠天分靠努力把自己活成了一个喜剧人物。他是一个非常感性的人，他这一生道路曲折命运多舛，跌宕起伏的人生极富戏剧色彩。应该讲，这百分之八十的功劳都缘于“秦腔”。

我的父亲叫朱文艺，是陕西三原县剧团的编剧、导演，也是一名非常优秀的秦腔演员。创作剧本、小品四十余个，还多次荣获省市县的戏曲调演大奖。在我小时候的记忆中，全都是父亲想词、闷戏、哼唱、脚下迈着台步、双手比画着表演的场面。应该说他就是一个永远沉浸在各种舞台角色中的“戏痴”，是个最具代表性的沉浸式的秦腔人。如今他养老在家，还是一直生活在秦腔的灵魂深处乐此不疲。他的悲惨身世和秦腔故事足以写一部感人至深的小说作品。

一

父亲出生在上世纪四十年代西安东郊浐河边上一

个贫苦村子里的张姓人家。直到现在，父亲也没搞清楚自己的生辰八字。只是后来听村里的老人说，大约生在七八月份一个炎热的夏天，家徒四壁，日子非常惨淡。刚刚满月，母亲因肺病撒手人寰离他而去。他的父亲常年有病，上面还有两个未成年的哥哥，三个孩子缺吃少穿，十分可怜。万般无奈之下，父亲被送给了西安一户朱姓人家。

父亲三十岁时的剧照

朱家原籍在蓝田，家境殷实。养父有两个老婆，大老婆生了两个女儿，小老婆没有生育，父亲便被过继到小老婆名下做了养子为朱家顶门立户。襁褓中的父亲身体非常瘦弱，养母没有奶水，实在无法喂养，便托人在离家比较近的韩森寨附近找了一个乳母。乳母是一位非常善良的女人，对父亲视如亲生，疼爱有加。父亲就是吃着她的奶水长大的。没过多久，他张家的亲生父亲也去世了，两个哥哥成了孤儿流落街头，后来被好心的村民送到了福利院。

朱家养父母对父亲非常疼爱，给他起了个好养活的名字叫“朱狗娃”。父亲小时候非常可爱，留着一个盖盖头，后脑根留着一撮小辫子。他头戴瓜皮帽，穿着小马褂，出门玩耍时被家里的长工驮在肩上。童年的父亲就是一个活脱脱的财东家的小少爷。

那时候，朱家的产业很多，不但拥有村上最大最气派的祖宅，更有旱地六十余亩。主根基在蓝田白鹿塬东边一个叫尚赛的小村。除此之外，朱家还在西安东关鸡市拐柿园坊购置了一个坐东向西的四合院。有门房、南北厢房和上房，穿过一明两暗的厅房，还有一个近两分地的后院。房屋内打造的木雕家具极为考究。家门口街边的路南，还有一间比较大的铺面租给别人做中药店，朱家在这个药店也持有股份。

养父母对父亲的教育很严格，一旦犯错便会打板子罚跪。直到现在，父亲还是非常讲究家教礼数的人。六七岁后，养父母便送他到附近的学校去上学。

当时，柿园坊这条街非常热闹。著名秦腔班社正俗社诞生在这里，秦腔大师李正敏正是在此出科。其嗓音甜美，表演风格独树一帜，被誉为“秦腔正宗”。

随后杨尚文成立了建国社，团部就设在柿园坊父亲家中。剧社的艺人们整日里咿呀喊嗓、挥鞭甩袖、舞枪弄棒；还有那些令人眼花缭乱的戏曲服装舞台道具无时无刻不吸引着父亲好奇的眼光。他常常拿着演出的道具玩耍，天天趴在台口看大戏。最爱看当红坤伶艺人梁秋芳的《走南阳》、男旦董化清的《三上轿》，特别是李正敏先生的《五典坡》让他非常入迷，其中“王宝钏，实可怜，五典坡前把菜挖……”几句他都会唱。潜移默化，耳濡目染，他渐渐地喜欢上了唱秦腔戏，小小年纪就能唱一段完整的《刘彦昌哭得两泪汪》呢。秦腔，是父亲童年最深的记忆。

解放后随着国家公私合营等政策的变化，西安家里的门店被供销社所替代，因为有蓝田白鹿塬上的祖产，土改时家里被定为“小土地出租”成分。这个叫法是高于富农低于地主的一个中间成分。

霎时间，家里产业被瓜分一空，原本殷实的家庭顿时没有了经济来源，生活跌到了谷底。朱家养父因常常被游街批斗，还被罚到麦场天天不停歇地推石碾压麦子，身心俱疲，脑子受到了很大的刺激，渐渐疯了。在一个风雪交加的夜晚，可怜的养父掉进了雪窖，从此告别了这个世界。面对突如其来的打击，为了一家人的生计，养母强压悲痛，也顾不得什么体面，毅然放下富家奶奶身段去为别人浆洗衣服。数九寒天，大雪纷飞，也从未停止劳作。看到养母那冻得通红的双手，父亲决意不再上学，要像男子汉一样撑起一片天。他对养母说："妈，你太苦了！我不想看你这么遭罪。我已经长大了，可以学着挣钱了，我要到三原找我舅学戏去。"说罢，母子二人抱头痛哭起来。

二

"上帝为你关上一道门，定会为你打开一扇窗。"

1958年，年仅十二岁的父亲到三原新艺社新生部学戏，毕业后就留在了三原剧团工作。在这里，父亲遇见了我美丽善良的妈妈，虽不能说是一见钟情，但在几年的工作和演出中埋下了深情的种子。他们十八岁恋爱，十九岁便携手走进了婚姻殿堂。哦，且听我还原一下当年的情景吧……这天，父亲收到了养母的一封信，信中写道："狗儿，演出忙不？要是有时间我娃回去一趟啊。"见信后，父亲便赶紧向剧团请假，急切切赶回西安。一进门便急忙拉住养母的双手问道："妈咋了？是不是身体不舒服？"养母微笑着说："我娃不着急，妈身体好着呢。妈托人在邻村给你说了一个媳妇，姑娘很不错，就等着跟你见面哩。"父亲听罢心头一慌，连声说："我不要，我不要。"养母说："为啥不要？你是不是心里有人了？"父亲道出了实情，养母听了特别高兴，随后就隔三差五地往三原跑，以认干女儿为名与母亲拉近距离。后来终于如愿以偿，娶到了红极一时的名演员做了她的儿媳。为了给爸妈办婚礼，朱家养母卖掉了西安三间厦子房，在当时最好的西安饭庄订了十几桌席面，鸡鸭鱼肉、鱿鱼海参应有尽有。那应该是低生活标准年代最奢华的婚宴了。

几年后，慈爱的养母因病离开了这个世界。觊觎朱家产业多年的姨母（养母妹妹）乘虚而入，以帮着父亲看房之名举家搬进了西安的家中居住。伤痛欲绝的父亲从此再没回过柿园坊。

从此三原就成了他唯一的家。外公外婆待他如亲儿子一般，母亲的家族给了他爱、给了他暖。

三

父亲最喜欢看书。虽说只上过五年小学，文化程度不高，但他很勤奋，善于自学。一本《新华字典》就是他的老师。他最喜欢去的地方是新华书店和县里的文化馆、图书馆。虽然当时经济不宽裕，但只要是喜欢的书，不管多贵，他都要买。他还订购了很多热门的文学杂志。有《延河》《收获》《电影文学》《人民文学》等。收集剧本也是他最大的爱好，从剧本里汲取养分，使他受益匪浅。日积月累，文化程度有了明显的提高。除了在舞台上表演，他在编剧领域也崭露头角。

1963 年，父亲因才华出众又年轻气盛在团里被排挤，结婚没多久便被调到偏僻的长武剧团工作。在那里，他得到了团领导器重，让他当了团支部书记和导演。在古典剧被禁演的时代，革命现代样板戏里许多的主角落在了父亲的身上。最出彩的就是《红灯记》里面的李玉和，郭建光、拴保等角色也塑造得非常成功，很受观众欢迎。舞台上的风光滋长了他的傲气，年轻气盛的他变得有些盲目自大，又因说话尖刻得罪了很多剧团的同事。这个致命的缺点再一次给他带来厄运。"文革"时期，他被列为"黑五类"戏霸，整日挨批挨斗，隔离审查。深受打击的父亲整日忧心忡忡，彻夜难眠，常常咳血，不久便病倒了。经医院检查，诊断为浸润型肺结核。这个消息如五雷轰顶，让我可怜的母亲整日里以泪洗面。在西安太乙宫肺病医院切除了一叶肺、两根肋骨后，父亲成了一个"残疾人"。医生判断，最多活不过四十岁。病愈不久，组织上给予照顾，父亲又重新调回到了三原剧团。因身体原因，不能再上舞台，便被调到三原南郊中学做起了文艺班的班主任，从事起戏曲教学工作。

父亲把无私的爱都奉献给了他的学生，为此常常疏忽了自己的孩子。我们姐弟仨曾经意见很大。那个年代经济紧张，家里的生活非常拮据，做饭都舍不得多用的一点猪油竟被父亲偷偷拿到学校，还买了核桃仁熬在一起，用来给学生治嗓子。父亲把所有的精力和心血都用在了培养他的学生上。南郊中学文艺班演出的剧目非常受欢迎。这也是老爸的骄傲啊！老爸乐此不疲地战斗在他的工作岗位上，先后排导了《无头案》《徐九经升官记》等许多优秀剧目。后来学生队与剧团合并了，老爸继续任职剧团编导工作，那个时期，他先后自编了《苏护反商》，改编了《甲午海战》等剧目。

上世纪九十年代中期，三原剧团的乐队、舞美、演员在当时同行业中是相当出色的，先后获得了省市县许多大奖。在此期间，父亲又移植导演并出演了大型古装剧《梨花狱》，排导了《赵五娘吃糠》等剧目，演艺事业风生水起。那时，我的母亲也早已成为剧团的台柱子。他们这对舞台伉俪，足迹踏遍了西北五省的山山峁峁。团里的同事编了一个顺口溜来调侃爸妈说：“朱文艺、王亚萍，足迹踏遍陕甘宁！”

四

八十年代中期，西安开始了大规模的城市改建，西安柿园坊的院子也在政府征收的范围之内。觊觎朱家财产已久的姨母以朱家人没有西安市户口为名霸占了国家赔偿分来的几套房子，给了父亲两千元的搬迁费就算了事了。

亲戚朋友们都劝父亲去找他姨母维权，但父亲摇了摇头，说：“算了，咱对朱家生未养死未埋葬，还有啥理由继承家业哩。不要了！”

就这样，父亲把祖上的基业当个鸡毛毽子一样放在脚背上就踢走了。

随着时代的变迁，社会的发展，家家户户有了电视机、录音机，网络时代的到来，使秦腔市场受到很大的冲击。随着流行歌曲、摇滚、模特表演、现代舞等的出现，秦腔已不再是人们唯一的娱乐方式了。剧团的日子越来越不好过了！危急时，父亲力挑重担担任了剧团团长，可秦腔大势已去，再多的努力都是徒劳的，没多久剧团就宣布解散了。昔日舞台上光彩熠熠的演员沦为没了生活来源的无业人员。为了生存，有人摆起了地摊儿，有的开起了小饭馆，有的蹬上了三轮车。唯有一辈子只会演戏没有一技之长而且年龄渐大的老演员们一时间都没了生计，日子越来越窘迫。爸妈整日愁眉不展，我对他们说："爸、妈，不用犯愁，没有工资不要紧，我能养活起你们的。"可父亲难过地摇了摇头，说："唉，你不懂，那不光是钱能解决的事么。"在后来的日子里，父母还真的跟着大家去唱红白喜事了。听说此事后，我特别生气，连夜赶到他们演出的村子，在糊满白纸摆满花圈的小舞台边，我看到了脸上涂满油彩穿着破旧戏装等着上台的爸妈，我冲着他们大喊起来："你们是啥意思吗？为什么这样啊？是我不养活你们了吗？"爸爸无奈地说道："娃呀，爸妈不偷不抢怕啥啊，虽然你能养活爸跟你妈，但你不能让俺俩短了精神么。唱戏是自己热爱的事情，我们觉得没啥丢人的。"听罢父亲的话，我一时间无语了。

县里一位退休的老领导很爱看戏，和父母也是旧相识。在一次寒暄中得知父母近况深为震撼，他叹息道：想不到当年红遍三原的名演和团长竟然落到了这步田地。就是在这位老领导的帮助下，父母的退休问题很快得到了解决，家里的日子渐渐地好了起来。

随着国家政策的不断完善，经济的不断增长，人们生活水平也得到了提高，萧条了很久的戏曲市场也渐渐复苏了。满腹才华的父亲又活跃起来，编剧本、写快板、编小品，整日里打了鸡血般激情四射。父亲经常被周边的县剧团请去排戏，整日穿梭在戏曲和现实之间乐此不疲。他还登上了大学讲堂给学生们讲授秦腔知识。家里整日人来人往说事聊戏，父亲总是激情四射，神采飞扬，额头和嘴角两旁深深的皱纹里似乎也显露着笑意。他边说边唱，一举手一投足都在秦腔的节奏里。

五

天有不测风云，人有旦夕祸福。

父亲七十岁那一年，弟弟突发脑溢血，意外地去世了。四十四岁的生命突然停止，残忍的现实将我们全家人的精神击垮了。世上最悲伤的事莫过于白发人送黑发人。更何况他是父亲唯一的儿子，是父母的心头肉啊！

医院冰冷的太平间躺着我英年早逝的弟弟。急诊抢救室的病床上躺着伤心欲绝、肝肠寸断、几度晕厥过去的母亲和两眼呆滞、浑身发抖、无声抽泣的父亲。我和姐姐失声痛哭心痛不已，家里一时间没人主事乱了方寸，小姨、舅舅和亲朋好友们纷纷到家帮忙料理弟弟的后事。那一刻我们最担心的还是父亲的身体，好怕他出状况。关键的时候，父亲的表现却出人意料，没有哭泣，没有激动，反而面色平静地接待着一拨又一拨前来吊唁的人们。父亲的举动让我和姐姐都感到很诧异，也莫名恐慌。办完丧事，亲朋好友悉数离去，这时却不见父亲的踪影，我和姐姐焦急地四处找寻，在小区后门一片空地尽头，父亲孤零零的背影坐在地上顿足捶胸，号啕大哭……那段时间，父亲的心里在滴血啊！

感恩秦腔，感恩那些爱心满满的秦腔人。是他们的百般安慰和亲人们的悉心陪伴，渐渐将父母带出痛苦的深渊。

六

恢复县剧团，一直是父亲最大的心愿。

2017年夏日，咸阳地区要搞一个文艺调演。得知消息后，父亲特别振奋。他打算重整旗鼓，给热爱戏曲的年轻人打开一个新局面。可是剧团早已解散多年，演员在哪里？舞美、乐队怎么办？父亲将昔日剧团里的演员一一找回，将自己精心编写的精准扶贫剧本《樱桃红了》贡献给大家排练。7月的天气闷热得让人窒息。父亲带着一帮秦腔追梦人自筹资金，在没有空调的老剧场里，加班加点，挑灯夜战，一个月后，他自编的现代眉户戏《樱桃红了》在县剧院礼堂正式亮相了，县剧团演职人员登上久违的舞台。精彩的表演获得了台下雷鸣般的掌声。有耕耘就有收获，《樱桃红了》获得了市调演一等奖殊荣。所有的付出都有了回报，父亲终于开心地笑了。

樱桃是红了，可父亲病了，心劲太大，加上灼热的天气下高强度地排练，调演结束后，老父亲彻底病倒了！脑梗，百分之九十大动脉堵塞，在西安最好的脑科医院西京医院做了支架介入手术。自那以后，我们全家人都处于紧张忙乱的与医院频繁打交道的状态中。手术非常成功，但落下了癫痫的毛病。医生说是正常现象，保养得好两三个月便会消除。可父亲偏是不听劝，稍稍见好就继续投入到编戏、排戏之中，几次在排练场犯病被送到医院抢救。在医院的ICU病房，看着癫痫发作浑身抽搐双手被捆绑在床两头扶手上（防止他拔针管）的父亲，我是又心痛又生气。刚刚平静一会儿的他又开始狂呼乱喊，神志不清，满口呓语："赶紧给我叫人，我要开会了。"实在哄劝不住，我和姐姐也只能无奈地配合开起了"会"。隔壁陪床的小伙举着矿泉水瓶给他当话筒，配合他的演讲，父亲郑重地说："我叫朱文艺，是三原县剧团的一名员工。三原剧团曾经是一个在陕西县级剧团里出类拔萃的团体，演员条件好，剧目精良。让我感觉痛惜的是，当别的县剧团都在渐渐复苏的时候，我们的三原县剧团还是一盘散沙，无人问津。我们三原剧团好多的保留剧目都很精彩，乐队、舞美水平都很高。如今不再呈现实在是太可惜了！我心里天天盼望着剧团正式恢复的那一天哩。听说最近都在惠民演出，这个活动真的很好，给了大家展示秦腔的舞台……”神志不清的老爸竟然口若悬河地演讲了半个多小时。这一举动，把病房里“参会”的病友和家属都惊呆了。

两个月前我回老家看父母，刚进家门便被爸妈带着去参加由三原戏曲传承工作室举办的三原著名秦腔演员联谊会。在这里见到了剧团里看着我长大、久违了的叔叔阿姨们。一张张熟悉的脸庞已添上了岁月的痕迹。两位老阿姨依然精神矍铄地唱得那么给力，被誉为陇上第一花脸的程天德伯伯是秦腔花脸老艺术家田德年的弟子，把秦腔慷慨激昂、苍劲悲壮的特点表现得淋漓尽致。七十多岁的漂亮阿姨刘美丽是百年尚友社的著名旦角演员，是我爸妈的老同学，为了本次活动专程从西安赶来。一段《三滴血》里王妈的唱段真是韵味十足啊。老爸老妈也当仁不让，老两口一段《赶坡》唱得响亮，配合得相当默契。彩凤阿姨在我的记忆里永远是那么漂亮，如今七十多岁依然是那么端庄大气。数年不见，阿姨见到我特别开心，拉着我一起回忆过去。表嫂刘红梅是享誉西北五省的著名青衣，因为本次活动专程从西安赶过来捧场，看家大戏《三娘教子》唱得是声泪俱下、委婉缠绵，传达出一种独有的韵律。老艺术家们真是宝刀未老，技艺精湛。纯正的老腔老调韵味十足，耐人寻味。现场气氛热烈，大家争相表演，越唱越有力，越唱越精神。他们将自己的一生贡献给了秦腔事业，秦腔是他们的根、是他们的魂啊！

我的戏痴父亲把他的人生都交给了戏，交给了秦腔。而秦腔犹如灯塔照亮了父亲的人生。

我的老妈是名角

我的老妈是名角，这个我从小便知道，而且这是我在舅家村里小朋友当中称王称霸的资本。想当年只要提起老妈演的《三滴血》中的周天佑，她的戏迷们就兴奋得不得了，激动得眼放光芒。让我记忆深刻的是《劈山救母》里边那青年时期的刘彦昌，老妈那扮相别提有多俊了！再加上那一口的好唱腔和潇洒的表演，活脱脱的一个英俊才子，角色被她刻画得惟妙惟肖，让人津津乐道。仔细想想，当时的三原剧团可是很厉害啊！风格完全跟随了省戏曲研究院，除了演员表演精湛、行当齐全，乐队水平也可圈可点。让我记忆犹新的是那舞美设计实在太牛了。《劈山救母》中的精彩画面给我留下的印象太深刻了……用塑料剪成雨条的二幕帘子在两边舞美人员不停地用力抖动下出现了倾盆大雨的效果，加之电闪雷鸣的音效和忽明忽暗的灯光把雷雨交加的气氛营造得特别逼真。妈妈扮演的英俊小生刘彦昌打着伞奔跑在雨中，那一圈圈的圆场形体动作与唱腔和舞美的配合相得益彰，非常完美。三圣庙内，刘彦昌求签跪拜，台上圣母画像在灯光的配合下，变换真人姿态，那个梦幻般的美感，必引得台下叫好声、掌声不断。再看看圣母与刘彦昌分别时驾云飞天……哇，看得人如痴如醉，如梦如幻。

你要是问我老妈什么戏最拿手呢？那可就太多了，且听我慢慢道来。妈妈的戏路特别宽，各个行当都能来两出，古典戏里小生、青衣、老旦戏行行不挡，演啥像啥。现代戏《洪湖赤卫队》里边的韩英娘、《杜鹃山》里边的柯湘、《划线》中的老太太，人物形象都刻画得入木三分。《三娘教子》是老妈的看家戏，至今令人称道。在悲凉的曲牌声中台步从容地走上舞台，左手提着纺线笼，右手水袖随着心理情愫自然轻抖“落地”，来一个得体的亮相，然后开机房门、上机织布，打结口，咬线头，一招一式，妈妈表演得非常细腻生动。妈妈的唱腔风格朴实深沉，高昂深厚、刚柔相济、富有韵味，一声“唉……”字叫板拖腔便把观众带入三娘的心酸往事之中。以情带声，字正腔圆，行腔抑扬顿挫把握得很好，从轻声“把冤家好比一枝蒿”到“浇得蒿儿长成了，用它与我搭座桥，娘行桥心桥断了，半路里闪我这一跤”，把王春娥委屈、怨恨但又无奈的情绪表演得层次清晰。

教训薛倚哥“不孝的奴才听娘言”，悲愤激越中见深情；回忆从前，几个“娘为儿”如泣如诉；“三九天冻得娘啪啦啦颤”一句，节奏突慢，字字顿出，“啪啦啦”轻声轻气，“颤”字如江河奔腾，一泻千里，加之她双手抱肩，浑身颤抖，将王春娥的满腹苦楚表现得淋漓尽致，感人肺腑。老妈声情并茂的表演，感染得台下观众哭成一片。

接下来再说说我那名角老妈光环背后的故事吧……

听外婆讲，老妈生下来的时候，外公因女儿太多压根就没打算要这个多余的女娃，他狠狠心提着婴儿的双腿塞进尿盆双手紧紧地捂在上面……婴儿微弱的啼哭声惊动了在隔壁房干活的二姨妈，她赶紧找来了在家里最有文化又有话语权的大姨妈及时阻止，才救了老妈一条小小的生命。谁承想，后来她竟成了外公的骄傲，家族的荣光，出落成当地最红火的名演员。

提起老妈的演艺生涯真是让人忍俊不禁。用老爸的话来形容老妈就是混世魔王。还真正地没有下过什么功夫，糊里糊涂地就成了一个名角儿。

妈妈1958年考进入了陕西省艺校（我跟妈妈是校友）当学员，开学没多久便出现了状况，因为身体原因不能练功，便改行学了舞美。得知消息的外婆心里总是不安，又舍不得她，所以千方百计地把她调回了三原县城，在剧团跟着舞美队学画面布景，搬搬道具。用妈妈的话讲："整天跟着画娃娃。"一次偶然的机会，竟转变了她的命运，让她脱颖而出。那年她十二岁，当时在县剧院演《状元媒》，戏报贴出，票也卖空，晚上快开演时，扮演八贤王的演员临时出现状况，需要有人救场。团里能用的人都在台上，实在没有人可以顶替。这时候，在一旁埋头整理道具的妈妈被发现，用上她也是无奈之举。上了戏妆的妈妈实在太好看了，上台一个亮相，"好！"，台下掌声雷动，大家都啧啧赞叹！"这八贤王太俊了，咻嗓子咋那么好听哩。""好！好！"妈妈就这么火起来了。拥有了好多好多的戏迷。

从此一发不可收，佳作不断，特别是《三滴血》里扮演的娃娃生周天佑迷倒了很多的观众，又收获了一大批戏迷。有一个叫黄凤梅的女人，是当时县文教局局长的夫人，她天天趴在舞台口看《三滴血·打虎》："到处寻父寻不见……"妈妈扮演的周天佑看得她如痴如醉。十二岁的妈妈风光无限啊！不但唱红了三原县，在隔壁邻县也拥有了大批的戏迷。那可是真火啊！要说我最爱看的，还当数妈妈演的老旦戏了。

妈妈演的青衣戏也非常出色，《五典坡》中的王宝钏就塑造得特别成功，《赶坡·回窑》那可是我老爸老妈的经典保留节目。两个人唱腔精彩，表演默契，说唱逗玩，生动有趣。特别是"细观他眉来眼去眼去眉来总有假，五典坡还要盘君家，你说我平郎丈夫他卖了

母亲二十岁左右时的剧照

我的话，谁是三媒六证家?”，到“这是银子三两三，拿去与你把家安……”“这锭银子莫与我，拿回家……（这段要表现出王宝钏怎么着也是相府千金，但无奈还是被逼得骂了人）给你妈安家园”，这段对唱一问一答，王宝钏正言正语，薛平贵有意戏妻。两个人物“一急一戏，一怒一皮”，两个人表演得非常默契。现场气氛热烈。我真的很佩服老妈，她的唱腔底气很足，唱几小时不在话下！赶坡后面的这段大唱腔也非常出彩。特别是最后几句：“这锭银子莫与我，拿回家与你娘安家园。量麦子来磨白面，扯绫罗来缝衣衫。任你娘吃来任你娘穿，把你娘吃得害伤寒，有朝你娘死故了，埋在十字大路前，叫和尚把经念，叫石匠把碑錾，上写你父薛平贵，你娘王宝钏，过往君子念一遍，军爷，儿呀，把你的孝名天下传……”这段的表演要边唱边走云步，身段要配合得协调，唱得给力。是很见功夫的一出戏啊！

老旦戏《汲水》也是老妈的代表作品。妈妈凭借此剧获得1989年陕西省中青年演员折子戏大赛一等奖殊荣。其中有个桥段，在我脑海里印象非常深刻，老妈扮演一个土衣布裙、白发苍苍的老太太，一手拄着拐杖一手提着水桶，颤颤巍巍去井里打水，思儿成疾好似有些失忆。看见台上君子赶紧拉住唤儿，上下仔细端详才觉得自己搞错了。伤心失望地唱道：“都怪我老婆子瞎了双眼，把君子错当成自家儿男，人老了心昏了错事不断，忙施礼望君子体谅包涵。”这段唱腔要把老太太失望、悲凉、凄苦的情绪表达得非常精准，看的人几度落泪。

老妈是个多面手，戏路很宽，舞台上，老妈还演过性格泼辣表演夸张的《母老虎上轿》呢。

妈妈的前半生把一切精力都奉献给了舞台，奉献给了秦腔，但对自己的亲人却留下了很多无奈和遗憾！因为常年下乡演出，导致不能照管年幼的孩子，无奈之下，只能把年幼的我们分别托放在亲戚家照看，姐姐生下来就在半个城的舅舅家喂养，我被托放在南乡的一户农民家中寄养。每当剧团回到县城，妈妈便马不停蹄地奔波于半个城与南乡之间。在一个大雨瓢泼的上午，妈妈在舅舅家看了姐姐，又得蹚过涨水齐腰的青河去看不到两岁的我。南乡的看家很不地道，将母亲每月送的奶粉喂养了自己的孩子，每天用藕粉喂我吃导致我营养不良常常生病。抱着身体虚弱瘦小、头都抬不起来的我，母亲哭得泪流满面，她痛斥了那户人家，便抱着我头也不回地到了县城。几天后，剧团又得转点。那天寒风呼啸，微雨中还夹杂着雪粒儿，爸爸背着铺盖，妈妈抱着病恹恹的我，心酸苦楚地踏上了剧团转点的破旧卡车……几经周折，无奈的母亲又抱着我回到舅舅家，虽然很难为情，但还是把我交给了外公外婆看管。

剧团的下乡生活日复一日年复一年从未改变。妈妈的戏也是越演越火，舞台上风光无限。

八十年代末，省上决定恢复同州梆子剧团，妈妈被特别选中要调回省戏曲研究院。时任主管文化的副县长杏彬坚决不准，他说："想要调走王亚萍坚决不行，就是给十个演员，我们县也不同意换。"原本的命运转折机会被阻隔，妈妈的前程也就定格在了三原。

舞台上，妈妈简直是拼命三郎，经常演三连台。那年剧团在长安县的一个村子下乡，她上午演了《铡美案》中的秦香莲晚上又演《劈山救母》的刘彦昌，表演投入太深，非常恨戏。虽说是赢得掌声与喝彩，但由于过度疲劳累破了耳膜，从此听力受到了很大的影响。

在团里，妈妈是劳动模范，从未因家事影响过团里的工作。爸爸说：“你妈妈演了一辈子戏，当了一辈子先进。我们两口子在团上兢兢业业，就是对你外公外婆有亏欠啊！”是啊，提起外公外婆，那可是妈妈一生最大的遗憾啊！

外婆一生为我们家付出了很大的心血，去世的时候都没能与自己最喜爱的女儿见最后一面。噩耗传来，在外地下乡的妈妈强压着极大的悲痛还坚持在舞台上把戏演完。急匆匆赶回家中，眼前已是白门白幡哭声一片。“妈……”她扑倒在外婆的灵前撕心裂肺地呐喊，由于极度悲痛几番哭晕在外婆灵堂前。

生活中，妈妈是个好妻子，她对爸爸的生活照顾真可谓是体贴入微。妈妈有一句名言，至今还萦绕在我的耳边：“夫主贵为天，妻贤理当然。”虽说这是一句戏词，但在生活中，妈妈真是这句话的践行者，一个好典范。

在我的记忆中，清晨，父亲刚一睁开眼睛，妈妈便赶紧地给坐在床上的老爸递上热毛巾让他擦脸，随后一大搪瓷缸的热茶就端在了跟前。在父亲的面前，她从未有过名演员的矫情。还时刻做事小心翼翼地看着父亲的脸，生怕没了亲人在团里又遭受打压的父亲发脾气。邻居们时常看不过眼就说道：“你这么大个名演员被训来训去你咋就不吭气呢？”妈妈说：“唉，他恓惶得缺肋骨少肺的（因为肺结核手术，老爸被切掉了两根肋骨和一叶肺），除了我娘家和三个娃，他自己老家一个亲人都没有了，心里憋屈，让他发泄发泄，心情能好些。”

这就是爱，温暖且有力量，再大的付出，妈妈也心甘情愿。但妈妈也是有个性有脾气的，你可千万别触碰到她的底线。偶然的一次发作，那是相当有威慑力，吓得大家都不敢吭声。

妈妈和爸爸的爱情也让人特别羡慕。他们永远是出双入对，夫唱妇随，有时候忘情得都顾不上自己的子女。剧团的贾伯伯常常打趣说："王亚萍，你是个好妻子，但可不是一个称职的母亲哦。"母亲笑笑，说："那这能怪谁，还不是在你的指挥下给剧团卖命哩，剧团那些年忙得光下乡了，哪来时间管娃嘛。"

妈妈在陕西有很多的戏迷，妈妈和她们相处得似姐妹一般。柏社原上的姨妈就是其中的一位，善良的姨妈给了我们家许多爱许多暖。我的戏迷"姨妈"还有好多，几十年来，妈妈和她们的关系从未间断。因为称呼"咱姐"过于亲近，当年还曾惹得大姨妈有点吃醋呢："还是咱姐？看你把外人叫得亲得哟，谁是你姐？我才是你亲姐呢。"哈哈，真真好玩！

进入老年的妈妈变得有些敏感，稍稍一点小毛病到她那就变成了大麻烦。这时候哇，秦腔是她的良药。只要板胡一响，她顿时精神抖擞，一声"诸位英雄。请啊……哈哈哈哈哈哈……"，《破宁国》里英俊潇洒的朱元璋瞬间出现在大家眼前。

每次来到北京，我都会拉着她和老爸去参加北京的票友聚会，妈妈的拿手戏《三娘教子》唱得声泪俱下，和爸爸合作的《赶坡·回窑》表演默契，二人配合得天衣无缝。"姜还是老的辣"啊！让妈妈最难忘的是，我们全家都荣幸地登上过北京的大舞台，尽情地展现了一生挚爱的大秦之声呢。

2022 年 1 月 16 日于清境明湖家中

京城唱响大秦腔

考古秦腔，源远流长。它有“形成于秦，精进于汉，昌明于唐，完整于元，成熟于明，广播于清，几经衍变，蔚为大观”的说法，是相当古老的剧种，堪称中国戏曲的鼻祖。

提起秦腔，我这个戏痴就特别自豪。

在北京，我也会常常给朋友们表演秦腔。无论是陕西乡党还是来自不同省份在京工作的友人，但凡朋友聚会，我定会给大家表演秦腔。他们也都很爱听我唱戏。“秦腔是戏曲的开源鼻祖，它的特点是慷慨激昂，苍劲悲壮……”每次表演前我都会如数家珍般来个前言，然后，随着手机里播放的秦腔伴奏，我便投入到角色之中：“兄弟窗前把书念，姐姐一旁把线穿，母亲机杼声不断……天伦之乐乐无边，可叹娘屋难久站，出嫁便要离家园，母女姐弟怎拆散，想起叫人心不安。”这是秦腔名剧《三滴血》中李晚春的一段唱腔，当年被秦腔名家肖若兰演绎得委婉动听，耐人寻味，作为经典，在三秦大地广为流传。我之所以爱将这段唱腔给大家推荐，是想改变外界人对秦腔的那种“累破头”“只是吼”的印象和看法。想让人们知道，秦腔既有“慷慨激昂，苍劲悲壮”的特点，也有“行云流水，委婉动听”的行腔。

在北京，秦腔票友剧社也有好几个呢。

记得那是七年前的一个炎热的夏天，那天清晨手机响起：“你好！是朱佩君老师吧？我是研习社的王小峰，今晚我们北京的秦腔票友有个活动，听说您以前是专业演员，想请您指导一下，不知您能否赏光？”这个意外的邀约不由得令我非常兴奋。

黄昏时分，我来到了位于琉璃厂附近的宁夏办事处。我还清楚地记得，第一个与我热情寒暄的人叫言韶，他是京城一家知名房地产开发公司的总裁。我用疑惑的眼神打量着这个穿着考究、身材挺拔的中年男人，他也爱秦腔吗？小宴会厅最里面，乐队的成员已敲起了开场……我用好奇的眼光打量着眼前这些个银行家、会计师、工程师等……

“此时候……”这段《三回头》刚一开嗓就惊呆我了！好动听，好有韵味，简直完胜专业演员啊。她叫曾丽君，是甘肃籍的北京媳妇，这做派，这唱腔，真让人不由得叹服。

“忠义人一个个画成图像，一笔画一滴泪……”太棒了！这行腔，这音色，这韵味，这段《赵氏孤儿》“挂画”中程英的老生苦音慢板唱腔，竟被银行家李全林演唱得韵味十足，行腔流畅，抑扬顿挫拿捏得十分到位。赞，大赞！更让人吃惊的当数企业家言韶先生，把《火焰驹》中李彦贵的“离京地回苏州无处立站……”这段经典唱段演绎得惟妙惟肖，嗓音之高、音色之纯实属难得。其他人员的演唱也都特别专业，也很踊跃。你方唱罢我登场，现场气氛十分活跃。这些可真的都是非专业人士哦，真的让我大开眼界啊。他们对秦腔的热爱和执着追求深深地感动着我，大家强烈要求我这个曾经的专业演员表演一段，说实话，我心里真的有点发怵，真怕自己长期不开唱，嗓子出不来。但机会难得，如果不唱真的对不起我这颗热爱秦腔的心。一段悲愤煽情的祥林嫂《砍门槛》苦音尖板“执利斧咬牙关急往前赶……”，拖腔二音“咦……”，在场的女声们齐声合唱，气氛相当热烈。一大段唱腔一气呵成，悲愤交加，泪流满面……

难忘2012年，北京宣武门西北角的繁星小剧场内人头攒动，高潮迭起，琴声、乐声、叫好声接连不断，鼓声、梆子声、板胡声清脆悦耳，悠扬委婉，由浙商银行主办，北京陕西同乡联谊会、大秦之腔北京研习社等五家单位联合举办的《迎新春（北京）戏友秦腔演唱会》拉开了帷幕。

为了办好演唱会，组织者专门从西安请国家一级琴师、著名板胡演奏家陈百甫老师，国家一级鼓师王建民老师前来助阵。

晚会开场便是我和剧社的买广华的折子戏《火焰驹·表花》片段，默契的配合、优美的动作、缠绵婉转的唱腔抓住了台下满场西北老乡的心，一阵阵的掌声表达了观众对我们表演的充分肯定。接下来南波西装革履登场，他的一段《放饭》演唱得中规中律，很准确地表现了朱春登当时的心情。在欢快热烈的伴奏声中，剧社的美女舒敏唱起了人人都会哼的眉户戏《阳春儿天》，音色纯美、委婉动听的唱腔把大家的思绪一下子带到了那“看了梁秋燕，三天不吃饭”的日子。

刘祥虽然是票友，但秦腔造诣相当高。特别是他拜秦腔表演艺术家王辅生为师以来，表演水平有相当大的提高。他演的《苏武牧羊》字正腔圆，耐人寻味。

言韶奉献给大家的是《祖籍陕西韩城县》，这天生的好嗓子，一开口就博得台下阵阵掌声……

曾丽君演唱的《庚娘杀仇》实在棒极了，韵味十足哇！“娘的眼泪似水淌……”席鹏更是超常发挥，嗓音甜美，缠绵悱恻。

晚会接近尾声，我再次返场给观众演唱了《祥林嫂》。观众的掌声此起彼伏，非常热烈，把整个晚会推向了高潮。

秦腔《火焰驹》在梅兰芳大剧院演出，朱佩君扮演黄桂英

压大轴的是银行家李全林，一段《杀庙》行腔运腔恰到好处，收声归韵非常到位，精彩的唱腔博得现场阵阵喝彩。

这就是秦腔的魅力，这就是大西北人的秦腔情结，这也是游子们对故土思恋的情感宣泄。

当我们的秦腔在北京的各个角落唱响的时刻，我会永远记住这些为继承秦腔、发扬秦腔、宣传秦腔、演唱秦腔做出过努力的京城秦腔票友们。

最难忘的当数 2013 年那个酷热的夏天，我们成立了北京春晖秦腔票友剧社。仅仅用了一个月的时间就排出了秦腔传统名剧《火焰驹》，做梦都没有想到，我们竟然登上了令国内许多专业院团都十分羡慕的梅兰芳大剧院，而且演出当晚一票难求。能在中国戏曲最高殿堂唱响我最挚爱的秦腔，是多么激动人心、多么令人难忘的事啊！

如今，秦腔票友剧社已遍布北京的各个角落，非常活跃，也在日渐成熟。西北的大秦腔能在北京生根是多么有意义的事啊。每当听到大秦之腔回荡在京城的上空时，我便会由衷地感到骄傲和自豪。

魂牵梦萦是秦腔，最爱是秦腔啊！

2018 年 7 月 10 日

听贺敬之先生谈民众剧团那些往事

心口呀莫要这么厉害地跳，
灰尘呀莫把我眼睛挡住了……
手抓黄土我不放，
紧紧儿贴在心窝上。
几回回梦里回延安，
双手搂定宝塔山。
千声万声呼唤你——
母亲延安就在这里！

《回延安》中这影响了几代人，脍炙人口，朴实无华的诗歌伴我从少年一路走来……

诗歌酣畅淋漓地抒发出赤子深情，感染过千千万万读者，至今依然具有历久弥新的生命力！还有《南泥湾》《白毛女》《回延安》《雷锋之歌》《放声歌唱》等作品，影响了几代中国人。这些作品的作者贺敬之先生，是我从小仰望、崇拜的著名的诗人，作为晚辈，我做梦也不曾想过，近些年竟与老人家有许多的交集。特别荣幸的是，多次亲耳聆听了他讲述有关民众剧团的那些故事。而民众剧团，恰巧就是我曾经工作过的陕西省戏曲研究院的前身，我不由得多了几分自豪感。

这个话题要追溯到多年前了……

那是二十年前的一个夏日，我跟随周明老师去三里河公寓拜访贺敬之老人。刚一进门，我就被贺夫人、诗人柯岩爽朗的笑声以及和周老师风趣的对话吸引住了。悄悄环顾一下，只见客厅里书柜林立，书香扑鼻，柜子里、桌面上堆满了各种报纸刊物和书籍。这时候，贺老面带微笑地从书房走了出来。落座后，周老师给贺老和柯岩阿姨介绍说："她叫朱佩君，是我的陕西同乡。她是个秦腔演员，曾在陕西省戏曲研究院工作。"贺老立即说："陕西省戏曲研究院我知道，前身是延安时期的民众剧团。好像杨兴也做过院长吧？"

贺老又说："还有黄俊耀、李瑞芳好几个我都很熟悉啊。提起民众剧团我倒想起许多往事来，当时演《十二把镰刀》的男演员是史雷。"贺老的亲切随和让我这原本紧张的心情顿时轻松了许多，竟然主动地接过话茬说："对，对，就是史雷，我们省艺校的老校长。从民众剧团过来的还有被誉为火中凤凰的马蓝鱼，还有在秦腔电影《火焰驹》里演云香丫环的李应贞老师。"我也激动地给先生说起民众剧团这个话题来，竟然丝毫没有生疏感！

聊起延安，贺老便兴致勃勃，也极为兴奋和动情。回忆起当年延安时期的那些难忘的经历，他的眼睛里闪烁着青年般的光亮，如数家珍地谈起了他的青年时代。

贺老说："我们这一代人终于在延安找到了我们的'精神家园'，找到了我们的根。延安是故乡，延安是母亲。我们是在延安精神的培育下成长起来的。"是啊，从延安出发的贺敬之，一生把自己的文学创作献给了人民大众，献给了党的文艺事业。他对延安怀有深厚的感情，所创作的许多作品也都与延安有解不开的情缘。

这二十年来，我也曾经多次探望贺敬之老师，每次探望都给我留下了深刻的印象，受到难忘的教诲。贺老对我这个秦腔演员出身的晚辈，谈得最多的就是延安民众剧团。他对延安饱含深情，对民众剧团怀有战友之情的人们有着满满的怀念之情。

几年前贺老乔迁了新居，当他得知我调到了中国艺术研究院《艺术评论》杂志社工作时非常高兴。他说："中国艺术研究院我很熟悉，《艺术评论》杂志我也看过，是一本学术期刊，能调过去很好啊，工作中能学习很多东西。"

我感恩于心的是贺老在十几年前给我题写了《秦腔缘》三个字，鼓励我把对秦腔的热爱之情变成文字。在他的鼓励下，我对散文写作更加有了信心。直到后来，2018 年，作家出版社出版了我的第一本散文集《秦腔缘》，封面书名就是贺老珍贵的题字。十年啊，在我五十岁之际终于圆了自己的梦想。当年的题字成为我潜心写作的动力，成就了我今天的这本小书。

2018 年 8 月，怀着喜悦的心情，我去贺老家送书。步入暮年的贺老依然保持着诗人的儒雅和平和。贺老接过小书，立即仔细翻阅。周老师告诉他："您当年给她题写《秦腔缘》这三个字，小朱高兴极了，也很受鼓舞。经过这几年的努力，终于出版了这第一本散文集。今天

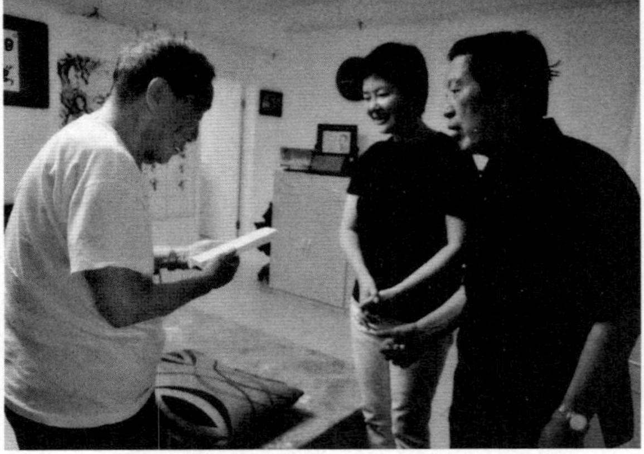

周明老师带朱佩君去给贺敬之送《秦腔缘》散文集

她来给您送书也是为了表达感激之情啊。”贺老看到这本小册子时十分喜悦，边翻阅边说：“秦腔缘，好。我也喜欢秦腔，也算是与秦腔有缘啊！”

沿着秦腔的话题，他又兴致勃勃地讲述起解放初期延安民众剧团当时演出的剧目：“那时候民众剧团的影响很大，之所以那么受群众欢迎，是因为题材都来源于生活。很接地气，鼓舞人心啊！”

贺老对延安、对民众剧团、对秦腔有着浓浓的深情，与他老人家随意聊天，感觉特别亲切和放松。应我的请求，贺老在我准备的精美册页上题写了他那脍炙人口的经典名句：“几回回梦里回延安，双手搂定宝塔山。”我如获至宝，仔细珍藏着。

这两年，贺老深居简出，很少出门，但对国内外的时势、国内文化艺术界的繁荣发展依然十分关心。他每日必读手头的《人民日报》《光明日报》《文艺报》《中国艺术报》及案头的一些新书。

去年秋天，北京的疫情得到了控制，城市、街道开始解禁，人们的生活渐渐开始恢复正常，我便有了机会再次去到木樨地北里看望贺敬之老人。九十七岁高龄的贺老依然精神矍铄，思路清晰。这次的谈话是在温馨的书房进行的。

我首先给老人家汇报了我的新编散文集《老旦》的内容和资料准备情况。老人家关切地说：“还用我题书名吗？我现在手抖就怕写不好了。”我连忙说：“不用不用，您的关怀已经给我很大的鼓励了。我好好用功，争取写好。”贺老再次感叹他跟秦腔有很深的感情，我们这忘年交也算是秦腔缘啊！

再次聊起延安，贺老依旧兴致勃勃，也极为兴奋和动情。回忆起当年延安时期的那些难忘的经历和友人马健翎、柯仲平等……眼睛里闪烁着青年般的光亮。如数家珍地谈起了他的青年时代，聊起了延安，聊起了民众剧团，话起了秦腔……

“西安易俗社的戏非常不错。”贺老又意味深长地话起秦腔，“易俗社在当时名声很大，一些老演员唱得特别好，观众很喜欢。1924年，鲁迅到西安讲学期间多次观摩易俗社的演出，并题‘古调独弹’匾额相赠。这可是百年易俗社莫大的荣耀啊！我记得那个剧场好似在钟楼西边，当时很红火啊！一到晚上，灯火通明，看戏的人乌泱乌泱的。有一些资深的秦腔老戏迷，因为买不起戏票所以每晚就靠在剧场外的大门旁听戏，跟着从剧场内传来的锣鼓点和板式一起哼唱，闭着眼睛摇着头，手里还不时地比画着，很投入很痴迷也很陶醉……”说到这段情景，贺老自己也哈哈大笑。他模仿着戏迷的样子，眯着眼睛悠然自得地用手比画着，仿佛进入当年那个情景之中……

“哦，提起陕西省戏曲研究院，我想起了黄俊耀。”“黄院长可是我们陕西省戏曲研究院的老院长，1980年时他还在职呢。”我勇敢地插话说，“当时史雷是我们省艺校的校长，马蓝鱼老师是副校长。”

老人家越谈越激动，动情地说：“秦腔艺术深入人心哪！”周老师说：“对对，秦腔很富有感染力，我和阎纲、雷抒雁、何西来，都很喜欢秦腔。噢，雷达也很喜欢秦腔。我们几个走上文艺的道路，也是由于小时候受到秦腔的影响。”贺老动情地说：“我对秦腔特别有感情，马蓝鱼的《游西湖》是非常精彩啊，周明你都不一定看过，那是粉碎‘四人帮’以后。还有李瑞芳演的《杨贵妃》也很出彩。我还看过秦腔团演的《赵氏孤儿》，那个戏演得也非常好。当年我是陪王老王震一起看的。王老很喜欢文艺……”周老师开心地说：“王震还喜欢文化人。喜欢你和柯岩。”贺老笑着摆摆手，说：“那就不用说了，他还保护过很多文化人呢。”他说：“在延安，王震就对民众剧团很支持，解放后也一直对秦腔很关心和赞美。当年，延安有个‘文抗’，好多作家、艺术家都在里面，后来他们都被编到鲁艺去了。戏剧方面他们有个西北文工团。”周老师说：“那是张庚同志他们吗？”贺老说：“不是张庚，张庚是鲁艺戏剧系主任，是朱丹。就是写这幅字的。”说着，贺老指着客厅墙上的那幅书法作品：“说的就是这个朱丹，他是西北文工团副团长。民众剧团当时影响很大，我看过民众剧团好多戏，《血泪仇》影响最大，感动了很多人啊！《血泪仇》这个戏当时鲁艺也排演了。”噢！“鲁艺”也演过《血泪仇》？我和周老师惊讶的目光交流了一下。“他们排的是秧歌剧，但里面用了秦腔唱段。我是参与了这个事的。记得当时在原剧本的基础上稍有改动，给《上坟》的那场戏加了几句唱词。”说着，贺老便唱了起来且很动情。回想起当年的事，老人聊得特别开心。他说：“我自己已经没有这个本子了。这都是集体智慧的功劳啊！”

“那《穷人恨》呢？您参与了吗？”我们都好奇地想知道。他说：“《穷人恨》我没有参与过。”周老师说：“那是马健翎写的。”贺老沉思了一下接着说：“是啊，马健翎写的《血泪仇》《穷人恨》这两出戏有很大的教育意义，一次，民众剧团在陕北定边演出时，八路军部队的一位战士当场向连长坦白说，他原先实在吃不了在部队的苦，想开小差回家，看了《血泪仇》这部戏后，深受感动，并保证再也不离开八路军了。”

“我对这个民众剧团是很崇拜啊！”老人喝了口茶，又意味深长地说。“我听您讲的民众剧团演出的眉户小戏《大家喜欢》的事，您是不是当时也参与了这个《大家喜欢》的创作呢？”我大胆地提问。贺老说：“我没有，没有哈，我没有参加他们的工作，嗯，他们倒是参加了鲁艺这边的工作，《夫妻识字》鲁艺也排，因为当时史雷主演《十二把镰刀》很出名，那是马健翎创作于1940年前后的作品，陕甘宁边区民众剧团首演。史雷和贺原野分饰王二与桂兰，小戏只有两个人的表演，唱念做舞生动活泼，充满浓郁热烈的生活气息和氛围，这个戏演出后影响也是很大的。所以导演水华就提出要请他来鲁艺排演这个《夫妻识字》。”他说：“当时鲁艺还请史雷去排演《夫妻识字》，这是鲁艺的话剧导演张水华，提出他排这个戏，而且水华指名要让史雷来演，后来我们都觉着很有意思，一个是斯坦尼斯拉夫斯基体系的，一个是唱秦腔和眉户戏的这个体系的，现在竟然还有个史雷体系。”贺老笑眯眯地说：“水华是鲁艺戏剧系教员，他是学斯坦尼斯拉夫斯基体系的，他非要找一个史雷这样的接地气的民族的人来演。”贺老幽默的叙说逗得我们哈哈大笑。

“是导演水华吗？”“对，二史统一，一个是史雷，一个斯坦尼斯拉夫斯基，两个体系合作的历史一刻，一个是民族的地方表演系统。那时候鲁艺戏剧系、艺术界、话剧界一般都是学习斯坦尼斯拉夫斯基表演体系。”我好奇地问：“这两个体系合作太新鲜了，会不会打架呢？”

他也笑了，说：“他俩的合作对这个剧的贡献是很大的。这件事对我留的印象是很深的，在排练《夫妻识字》时，史雷提出要增加两段唱词，就是后来：‘什么字放光明，学——习，学习二字我认得清。’‘识字牌牌好比银灯一盏，牌牌上的字啊我记心间。’这两段加得非常好！特别是：‘什么字放光明？‘学’‘习’我认得清’，每次演到这里，台上台下就会产生共鸣，演员观众都用洪亮的声音齐声高喊：‘学习’二字，加得好啊！效果非常好啊！这两段让小戏更加生动了，所以我就记住了这个史雷。所以说，史雷虽然说我跟他没有具体的联系，但我是很敬重他的。”

沉思了一会儿，贺老又想起了一件事：“你刚才问到《大家喜欢》，这个小戏影响也很大啊！”我插话：“《大家喜欢》这个小戏是我们陕西省戏曲研究院的经典保留剧，在西北五省的影响也很大，几乎人人都会哼唱。”说着竟情不自禁地唱了一句：“担上个担儿软呀软溜溜呀……”贺老兴奋地说：“嗯，是这个熟悉的韵味。”

“整个民众剧团不光是演小型的剧目，其中《十二把镰刀》以外还有很多重要的影响比较大的剧目，像《血泪仇》《穷人恨》等有一系列秦腔的剧本影响都很大。这些都是马健翎创作的，这个马健翎啊，我是非常非常崇拜他。他对中国的这个革命戏曲的发展，功劳很大。那个时候好像没有什么其他团体能像民众剧团这么出名。哦，还有柯仲平，他的思想是很进步的，所以呢，这个马健翎跟他呢还是很能合作的。记得毛主席就在延安文艺座谈会讲话期间表扬过民众剧团。当时柯仲平有发言，他说这个民众剧团有一点啊，走到哪里路上都留下有鸡蛋壳，这是什么原因，就是他们民众剧团老是下乡演出啊，非常受欢迎，所到之地老百姓就给他们送鸡蛋吃，随时随地送些吃的。

“延安时期陕甘宁边区民众剧团作为革命文艺团体独树一帜，无论是烽火连天的抗日岁月，还是热火朝天的民众运动，发挥了‘特殊战场’的特殊效用。毛泽东曾表扬他们说：‘秦腔对革命是有功的。’”

聆听贺老谈民众剧团后我才深深地感悟到，秦腔对革命真是有功的啊！

2021 年 11 月 4 日

当秦腔遇上话剧

“曾经，我是一棵不起眼的酸枣树，从一开始，我便用隐忍积蓄着欲望。我不自强，我不修仙，我不得道，最后我就是一棵枯树，伴着顽石，化为一抹尘埃。”这是话剧《兰若寺》里树妖姥姥的一段台词。

老佩什么时候迷恋上话剧了？以至于她整整一个月来像着了魔一般？“我修炼了一千年了！我修炼了一千年了！我修炼了一千年了……”不管在什么样的环境中，什么样的情况下，我的脑子里都反复琢磨着树妖姥姥的那些个台词，嘴里也不停地念叨着找着千年老妖应有的那些个感觉。“你们是鬼，可以各怀鬼胎，可是，一旦兰若寺的降妖人拔出利剑，我们就得一同毁灭，是生还是死？你们自己掂量！”“嘀嘀……嘀嘀……”一阵车鸣笛声把我催醒，嗨！我这正给小妖们训话呢……瞧瞧，这又入戏太深，引起交通拥堵了！

要说排练这个话剧真是机缘巧合，有这个约定应该是在去年秋上了。一切缘于我的散文集《秦腔缘》，也得益于红孩老师的第一部散文话剧《白鹭归来》。

为什么这么讲呢？因为没有观看这部剧的巧合，也就没有与赵晓宇导演的相识。没有提到散文集《秦腔缘》里对秦腔艺术、对舞台的眷恋，也自然不会有今天这个难得的、重返舞台的好机会。

那是临近秋季的一个夜晚，我的博导红孩写的第一部散文话剧《白鹭归来》在二十一世纪大剧院首演，当时我还请了几位研究话剧的朋友前去观看，其中便有我的同事、我们中国艺术研究院话剧研究所的赵红帆女士。值得一提的是，她还是我们陕西的媳妇呢。由于二十一世纪剧院离我家较近，所以便提前约好先到我家吃了晚餐再直奔剧场看戏。这不，就自然而然地又结识了她的先生、我的老乡赵晓宇先生。我们津津乐道，聊起家乡，聊起秦腔，聊起我的散文集《秦腔缘》。我如数家珍地给他们介绍着秦腔，也不忘把我的故事穿插其中缓缓道来……

这说话便有半年过去了……

今年4月初上，我正在农庄挖地种菜，突然手机微信响起，噢，是晓宇先生发来的："佩君，我们正在排练话剧《兰若寺》，想融入一点戏曲的元素进去，树妖姥姥这个角色非常出彩，你想不想尝试一下呢？"哇，这简直是意外的惊喜啊！"如果您认为可以，我愿意大胆一试。"OK，就这样，我又即将登上阔别已久的舞台，开始新形式的跨界尝试。我暗暗下定决心：老佩，你一定行！

第一次走入北京师范大学田家炳艺术楼的三层何思敬教室，推门一看，噢，怎么全都是大学生啊，浓浓的青春气息扑面而来，大家正欢笑着、嬉闹着，那一边翩翩起舞，这一边弹着吉他唱着歌……瞬间把我带回到昔日的校园……我喜欢这些个朝气蓬勃的孩子，与他们在一起既使自己心态变得年轻，又从他们身上学到很多新东西。

剧组在我眼里就是一个家，在这个家中有许多活泼可爱的大学生，和我女儿同龄。主创人员都是如今活跃在舞台上及各个领域的骨干，他们都有一个统一的身份：北京师范大学艺术与传媒学院的在职研究生。这台《兰若寺》就是作为研究生班的结业大戏来打造的。

导演赵晓宇是国家大剧院的舞台设计，其作品两次获得国家“五个一工程”奖，绝对的一个大才子。在传统的话剧中融入一些舞蹈元素和戏曲元素，是他排导这部剧的一个新的构想。著名青年舞蹈家朱晗受邀出演男主角宁采臣。曾是秦腔演员出身的我便欣然地接受了这个邀约，认真大胆地玩起了跨界。

同是舞台艺术，但在舞台的表现上却大有不同。戏曲是一门综合艺术，讲究四功——唱、念、做、打，五法——手、眼、身、法、步。常用虚拟的动作传情达意，表演程式既规范，又不失灵活性，诸多的戏曲表演艺术家用这套表演程式塑造了大量性格鲜明、生动感人的艺术形象。

话剧则是用叙述手段，以无伴奏的对话或独白为主，表现形式更生活化一些（这点我说不好，因为不专业）。

这不，老佩就遇到难题了。刚一上场一开口便有些露怯。树妖姥姥在众小妖的簇拥下缓缓漫步台中，我摆动着身躯美美地亮了个相，操着韵白说：“兰若寺要有人。”“停！”导演说，“佩君老师，你对角色把握得挺好，就是上场时身子不要晃动，讲话生活点，不要找戏曲的感觉试试。”当秦腔遇上话剧，就这句开场白可有我练的了。

树妖姥姥，在我脑海中的第一印象像极了古代神话剧里的巫婆，一袭黑衣、十指长甲、形似乌鸦的丑陋的老妇人。

看了一些相似内容的影像之后，又觉得应该是一个凶恶残暴的雌雄同体的阴阳人。

经过一遍遍地对角色深入推敲后，我觉得她应该是一个历经艰辛、隐忍顽强、祈盼圆满但又走火入魔的兰若寺的管理者。

话剧《兰若寺》在北京师范大学剧场演出，朱佩君扮演树妖姥姥

树妖姥姥本是一棵小小的酸枣树，从小就被人瞧不起，她在隐忍中历练，她要让自己变得强大，她不想再受欺。在树妖姥姥的角色塑造上，首先是造型设计上，我大胆提出画漂亮妖艳的妆容，我认为一个修炼了千年的树妖姥姥，整日里靠娼鬼们贡献阳气滋补自己，定是为了年轻为了漂亮。表现她阴暗残暴的一面应该靠演员的表演来呈现。《笃定》的第一个亮相，我想用董事长视察企业的角度来展现。环视一下鬼魅若干，但又感觉都不是很得力，唯独看好小倩，所以在台词的表达上，我将听似凶狠的话运用了轻描淡写的方式表达，把内在的凶狠挖掘出来。

《布阵》中，我大胆运用了许多戏曲元素，借鉴了秦腔《鬼怨》出场圆场，四面黑沙随风而起，如黑色的蝴蝶飘飘洒洒落于台中，用舞蹈稍带点剪影的感觉来表达树妖修炼羽翼破封的得意和喜悦。

《对峙》开场则用了一点戏曲小花脸的身架，用手势来完成对阵的气氛。而且在被瞬间摧毁的时刻用点穴式定形和无奈不甘心的道白来终结了她的一生。

我喜欢剧组的这些个孩子，他们很真诚而且踏实，大家可以互相借鉴取长补短，看到表演中存在的不足就会很真诚很直接地提出来供你参考。在许多的台词和表演处理上，我很喜欢与他们探讨，向他们请教。燕赤霞的扮演者尹鹏就曾给予我很多的帮助呢，要说到树妖《布阵》这场戏的开场舞造型，那可得感谢我们剧组小影的扮演者、优秀的舞蹈演员倩倩了，她不但没有拒绝我请她设计这场舞蹈造型的动作设计，还不厌其烦地一遍遍地给我演示，也一遍遍地给我指导。

花团锦簇的舞台啊，我是那么眷恋着你……二十多年后我以跨界的形式再次登上了这个难忘的地方，熟悉的地方，再次点燃我照亮我的地方……

《兰若寺》圆满了！我掉泪了！激动感动无以言表，感谢善良有大爱的赵晓宇导演和统筹朱珊及辛苦的制作团队！感谢幕后工作者的奉献！感谢《兰若寺》剧组的全体演职人员！感谢著名舞蹈家，我们可爱的、亲切的、接地气的男主演青年舞蹈家朱晗！感谢燕赤侠尹鹏，可爱的大宝宝沈公子一庚；可爱的小影、舞蹈演员王倩和思源（AB 角）；还有小倩珍妮和可昕（AB 角），感谢我亲爱的小乌鸦，可爱的大树宝宝，美丽的小妖宝贝们，你们在紧张的期末考试间隙，认真地完成了自己的角色！树妖姥姥感动了！掉泪了！一个有爱、有暖、有满满正能量的大家庭成就了一个好的作品！激动万千，今夜无眠！

2019 年 7 月 6 日

云舒云卷话爱云

去年刚刚入秋，首都民族文化宫剧院上演的秦腔传统剧《关中晓月》，就在一夜之间刷新了京城观众的视线，也改变了许多人对秦腔的认识。新颖曲折的剧情，精彩纷呈的表演，人潮涌动、一票难求的场面，经久不息的掌声，给人们留下了难忘而深刻的记忆。女主人公商英的扮演者齐爱云，以她完美的演绎顷刻间惊艳京华，使首都观众深深陶醉。

今年 5 月 23 日至 25 日，齐爱云携带她的两部新作品《红梢林》《焚香记》再次入京，亮相于长安大戏院。现代与古代的穿越，革命者与烟花女之间的人物切换，舞台上，方云霞宁死不屈、大义凛然，敫桂英悲愤交加、凄婉哀怨。

回想起四十年前我和齐爱云的相识，要追溯到 1980 年 10 月 3 日陕西省艺术学校（原陕西省戏曲学校）新生报名的那一天。父亲带我去报名，走进校门遇到的第一个同学便是齐爱云，她乖巧腼腆、文文静静，交流后方知她与我是同年生人，只是小我几个月而已。从那时起，我们便如姐妹般共同学习戏曲，一起生活了七年之久。齐爱云给我留下的印象，总是她在练功场练功，脸上、头上冒着热气，身上的练功服被汗水浸透的样子。我清楚地记得，她的启蒙戏是《游西湖》中的《鬼怨》一折。那是著名表演艺术家、被誉为“火中凤凰”的马蓝鱼老师的经典之作。启蒙戏便由马老师亲自传授是人生幸事，爱云稚嫩的嗓音和青涩的表演我至今记忆犹新。

如今，她凄惨哀怨的一声“苦啊”，李慧娘一袭白影在烟雾迷蒙中伴随着“水上漂”的圆场飘荡于舞台之上。如泣如诉的唱腔，轻灵曼妙的身段，特别是那句“星月惨淡风露凉……”，在凄凉的琵琶拨弦后，她双手护肩，慢慢向下蜷缩呈卧鱼状，而后又慢慢升起。骤然间，她打开双臂腾空而起，将白纱抛至空中，宛若一只愤怒的白蝴蝶飞到人间寻仇。那凄凉哀怨的眼神把一个孤魂女鬼刻画得惟妙惟肖，摄人心魄。

我们是老同学也是发小，如今，我是她的戏迷，她所塑造的各个人物形象都深入我心。我从小在剧团长大，看过的好戏不计其数，很多经典熟记于心，诸多秦腔老中青艺术家的代表作品也都略知一二。如今，齐爱云仿佛一股清流，在不知不觉中刷新着人们对秦腔的认知。

去年在首都民族文化宫剧院上演的新编秦腔传统剧《关中晓月》，至今提起，老乡们还是忍不住交口称赞。该剧结构如行云流水，一气呵成，爱云塑造的女主人公商英给人留下了颇为深刻的印象。眼神、唱念、形体、情绪把握准确，结合身段、程式、场面调度的合理安排，使该剧主题得到了完美呈现。爱云将一个忧国忧民、有智有勇、乐善好施、赈灾济民、甘冒风险的女商人商英塑造得有血有肉。齐爱云谢幕时，全场观众起立鼓掌，久久不愿离去……

一个月前的一天，爱云发来微信，说她将携力作《红梢林》与《焚香记》再进京城。24 日晚，由我的老同学何红星齐爱云夫妇联袂打造的、陕西富平县剧团出品的新编秦腔现代戏《红梢林》在长安大戏院拉开了帷幕，该剧以照金革命根据地为背景，描写民间中医方云霞与丈夫赵成金以祖传的万和中药铺为掩护，建立地下联络站，积极投身革命，为了掩护、救助被困山野梢林的红军伤员，他们一家人前仆后继英勇献身，用鲜血染红了梢林，也点燃了革命的熊熊烈火。现场整个演出阵容整齐，画面干净。几位配角的表演可圈可点，群众演员亦配合默契，反面角色的表演活灵活现，克服了反面人物脸谱化的弊病。

剧中爱云的表演让人赞叹不已，几处精湛的表演给人留下深刻印象。其中，当方云霞得知自己的丈夫赵成金牺牲的消息后，她在孩子和乡亲面前强忍着内心巨大的悲痛，表现沉着冷静。当舞台留给她一人时，那轻轻的颤抖，那撕心裂肺般呐喊出的一声“成金……”把观众的心都揪了起来。上山祭坟那场表演中，她将探步、碎步、圆场等传统戏的身段表演合理运用其中，恰如其分。要说最出彩的桥段，我认为莫过于拷问那场戏了。在敌人严刑拷打之后，遍体鳞伤的方云霞在悲壮的音乐声中被敌人拖上舞台。在这段戏的表演中，她运用了催步、串翻身、劈叉、乌龙绞柱等高难度戏曲技巧，将步履艰难、视死如归的女英雄形象刻画得饱满到位。方云霞已经走进齐爱云的灵魂深处，与她浑然一体了。该剧结合美轮美奂的现代声光电和舞美技术，将《红梢林》的感人故事完美地呈现给了观众。

谈到演绎痴情女子负心汉的《焚香记》，这出戏是在传统戏《王魁负义》《情探》的基础上改编的。帷幕缓缓拉开，漫天飞雪中，两个丫环手提灯笼簇拥着身着艳丽服饰、披着红斗篷、宴罢归来、妆容娇艳的烟花女敫桂英走入观众视线，她身材婀娜，轻移莲步，眉眼含情，委婉柔美的唱腔，瞬间将观众的情绪带入剧情之中……夜色中伴读，桂英粉衣雅致，体贴入微，贤惠温婉；送别时，男女主角一身淡黄色服饰，依依惜别，清雅养眼。重场戏“打神”中的敫桂英素衣蓝衫，凄惨悲怨。那一丈多长的水袖随着剧中人敫桂英的情绪转换而舞动着……车轮花、云花、一字袖，抛、抓、扬、撒，如白云、似流水，形如车轮，幻若莲花，齐爱云将痴女怨情表达得淋漓尽致。在这折戏中，除了出神入化的水袖绝技外，爱云还用了高难度的上桌屁股座子、旋转卧鱼、下桌抢背等高难度戏曲技巧。看到此，我不由得泪眼模糊，心酸不已。五十出头的人啦，不容易啊！

“台上一分钟，台下十年功”，这是戏曲行里的硬道理。人演戏实际上也是戏演人，演人的人格，演人的学养，演人的才情。没有扎实的戏曲功底，没有较好的文学底蕴，就不会有今天舞台上这一个个鲜活的人物形象，也不会有舞台上云舒云卷潇洒自如的齐爱云。近四十年的舞台生涯，近四十年的心血与汗水付出，造就了今天这个不平凡的她，她已破茧而出，化蛹为蝶。

可以说，她已经成戏“精”了！

2019 年 6 月 28 日

生活虐我千百遍 我待生活如初恋

根据著名作家陈彦先生同名小说改编的电视剧《装台》开播了！打开电视，那些熟悉的小巷子、鳞次栉比的地摊儿、此起彼伏的叫卖声、各式各样的美食、亲切的乡音瞬间把我拉回到过去的岁月。

《装台》讲述的是装台人的酸甜苦辣。作家陈彦先生匠心独具，以装台工刁顺子为主角，勾勒出老西安普通老百姓的寻常生活。那些普普通通的装台工人，住在拥挤寒碜的老城小院子，面对困顿贫穷的生活，依然过得有滋有味、活色生香。整部剧逻辑严谨，情节紧凑，着眼小人物，立足家长里短，将他们生活中的琐碎点滴和嬉笑怒骂汇聚成一碗暖意融融的羊肉汤，悄无声息地滋润了观众的心。没有过分的渲染，没有刻意的煽情，有的只是“油泼面必须就着蒜”的质朴与自然。

更加让我引发共鸣的是，这部剧直面了秦腔艺术工作者面临的困境：秦腔作为一种古老而充满艺术魅力的剧种，在当前时代不可避免地没落了，即使免费演出，依然需要到处拉找观众！

这部电视剧的场景主要围绕着我曾经工作生活了二十余年的陕西省西安市碑林区文艺路展开。文艺路是陕西省文艺团体云集之地，从北路口向南，依次排列着：群众艺术馆、陕西省歌舞剧院、陕西省京剧院、陕西省戏曲研究院（我的原工作单位），至建西街向东巷延伸，有陕西省体育学院、陕西省人民艺术剧院、陕西省电视台、西安市话剧院等。

想起当年院里三产那排平房拆除时（我当时住在三产平房进大门的第一间），我们曾在斜对面的刁家村暂住过一段时间。剧中场景真实地再现当初城中村刁家村真实的街景和烟火气，那密集的高矮不齐的自建楼房，那遍布于小巷深处的各色小超市、小饭馆，那此起彼伏的叫卖声……一切是那么熟悉，观剧时觉得特别亲切……那是一段艰辛而令人难忘的岁月！那是一段不堪回首，却又无法忘记的苦难岁月……

刁家村地处文艺路北段，大约在陕西省歌舞剧和京剧院（文艺路由北向南延伸，我们这些文艺单位都在马路东边）对面路西的小巷子里面，虽然是小巷子，但里面有听戏的小茶园子，娱乐消遣的麻将馆，各类小吃肉夹馍、岐山面、酸汤饺子、凉皮、胡辣汤、烤肉串的摊子遍布村里的各个角落……吃凉皮肉夹馍喝冰峰汽水，是当时最受欢迎的时髦套餐。

著名作家陈彦（茅盾文学奖获得者。时任剧院编剧，后任陕西省戏曲研究院院长，现任中国作协副主席），当年我们是同事，也是邻居。《装台》剧描述的那段时间我正好与他是同事、邻居，正是作家深入生活的体验与积淀，才有了这部如此轰动的经典力作。《装台》里面许多镜头活灵活现地再现了那段艰难的岁月，是当时现实生活的缩影。

蓦然回首，依稀往事在心头……

那是 1991 年，从省艺校毕业三年的我开始在秦腔团里崭露头角。

风华正茂的年纪，已经能和团体的名家一起搭戏了，并且连连获得了院里和省里的主演和配演大奖。正值在舞台上大放异彩的时候，却因一桩与团领导儿子的姻缘未果给我带来了厄运，如晴天霹雳般将我刚刚起步的人生打到了谷底。不但扮演的角色被渐渐顶替，后来就连跑龙套站宫女也不给我机会了。整日里以泪洗面、身心俱疲、惨遭打压的我心里越想越觉得委屈难忍，终于鼓足勇气去找团领导理论，却被他的厉声呵斥气得急火攻心晕倒在地。接下来的日子就更加悲惨……无端记过处分、宿舍也被占去、被团里开了数次批评会后工资也被停发，刚刚参加工作三年的我就这样被团里渐渐地边缘化了。

工作失利，又遭遇了一段失败婚姻。为了维持生计，为了肚子里的孩子，我只能推起板车，架起锅灶，每日里起早贪黑地在西安后宰门西南角的工商银行门前卖起了麻辣烫，靠摆地摊维持生计。记得那是一个电闪雷鸣、风雨交加的夜晚，我不顾邻居劝阻，毅然推着木车去街上出摊，为搭雨棚，我挺着大肚子抓着工商银行的铁栅栏往上爬，马路对面小商店的阿姨焦急地冲我高喊："麻辣烫，快下来！挣钱不要命了，把娃伤了可咋办哪？"我擦拭着脸上的雨水，将泪水咽进肚里。不管多么艰难，我都会咬着牙挺下去。

几个月后，我喜添了可爱的闺女，也办起了时装模特团。但失败婚姻的终结，再一次把我的生活打回了原形。

在一个寒冷的冬天，无处安身的我只能选择再次搬回到剧院三产的一排老平房。没了职工待遇的我与两邻同事的住房待遇不同，大家都是单位分配的房屋，只有我是自己花钱租住。

那是一间低矮破旧的房，推开房门，一股子沉积了很久的霉烟气儿扑鼻而来。昏暗的屋子阴冷潮湿，斑驳的墙面凹凸不平，墙皮也正在渐渐脱落，地上厚厚一层尘土，烟头、果皮、纸屑凌乱地散落在上面……左边墙摆放着一个破旧的花布沙发，好像年代很久了，也散发着难忍的脏臭味。右手旁小套间里面黑乎乎阴冷冷的，到处堆积着过期的小食品。外屋的头顶上，残破的席棚顶已掉下来一大半，上面布满了蜘蛛网……一只小小的灯泡发着微弱的光亮，把这孤寂的夜晚衬托得更加凄凉。

寒冬的夜晚北风呼啸，我孤零零地打量着这映入眼帘的悲凉场景，陷入了沉思之中……这就是我未来的栖身之所吗？我该怎么落脚哇？但是又一想："我不住这里又能去哪里呢？虽说是脏些差些，但也算是个小窝啊！多少个难熬的日子都挺过来了，这点困难算个啥。"我坚定地咬紧牙关，擦拭掉脸上的泪水，挽起袖子开始打造当下这赖以生存的蜗居。

那个夜晚好冷好冷啊！一股股刺骨寒风透过里间破烂的玻璃小窗向我袭来，冻得瑟瑟发抖的我双手抱腿缩成一团蜷缩在那张破旧沙发上……那一刻，我想起了科学家居里夫人那段曾经困苦的日子，"居里夫人在求学的时候曾经非常穷困，在寒冷的冬夜，她把所有的衣服都穿上，再盖上被子，还是冷得睡不着觉，她就把椅子压在被子上，好让自己能暖和些"。

那一夜，我的心里五味杂陈！万般酸楚地写下了："我不是故作伤感，更无需假装可怜，需要一份真爱，找寻的是一个坚实的臂弯。漫漫长夜孤枕难眠，四周寂静，只有寒冷与我做伴，人已渐渐憔悴，泪也早已流干。我发自肺腑地呐喊，哪里能让我驻足？何处是我心灵的港湾？"

不能向生活认㞞！忍耐点，坚持点，总有一天你所受过的苦难会帮助到你。绝望燃起了我的希望，我勇敢地走向市场，走穴演唱，客串主持，将昔日模特团的姑娘们再次聚齐，重新起航。生活找到了方向，我的小屋也随着我的收入增长慢慢开始蜕变……文艺路布匹批发市场买来的便宜的粉红色碎花布绷在了席棚顶上，沙发也用同色系的花布罩在了上面，从刁家村口请来了等活的工人帮我给房间重新组了电线换上了明亮的大灯泡。小屋渐渐地暖了起来……生活也渐渐有了温度……

也就是在那个时期，我有幸通过团里舞美队的老师介绍，认识了人生的贵人——马来西亚的张汉源先生。一个忠厚实在的马来华人，对中国的古玩字画盆栽特别感兴趣。听团上同事介绍了我当时的处境后非常同情我，又听说我对字画略通一二，所以提出让我帮他代理西安的生意，老天眷顾，我的命运转折点便由此开始了……

我从此便开始学习做起了字画的代理，学习古玩的鉴赏，随着业务的开展，也开始走南闯北地收购古旧家具、宜兴茶壶、盆栽古玩……

随着收入的增长，小屋的砖地上贴上了淡棕的地板贴，逐渐也添上了时髦的家具，屋外加盖了小小的厨房，屋内做了小隔间，还建了一个简易的卫生间，仿古式的大理石圆桌放置在屋中间。我的生活渐渐地殷实起来……

这个地方有我奋斗的足迹，也有同事邻居之间的友情与温暖。

我离开舞台数年后再次参加陕西省青年演员折子戏大赛获头奖头名的荣誉就降临在这个小院。

在这个小屋，我一遍遍认真琢磨戏中表演，硬拉着小美女蔡荣看我表演老旦的情景仿佛就在眼前……

在这个小屋，昔日模特团的姑娘们再次集结，我们重新排练，再次出发……

两年后，因为院里要改建，我们这些住在三产的人家都得暂时搬迁到对面的刁家村暂住。无奈何，我只能万般不舍地告别了那用心血打造的温馨小屋。

接到搬家通知时我在三原老家，等自己赶回西安，不但天色已晚，而且天气是雨雪交加。可巧的是在电视剧里三轮刁顺子原型等一帮友人的帮助下，我们迎着交织的雪雨，踩着泥泞的道路，深一脚浅一脚地搬进刁家村里那个二楼小平房。过起了每日清晨便奏起各种吆喝声、打斗怒骂声，这边录音机里摇滚音乐震天动地、那边秦腔声音此起彼伏……碗瓢盆交响乐的城中村居住的日子。

也记不清是哪年，一个非常华丽的欧式建筑凯撒宫洗浴中心呈现在巷口街前，这意味着城市建筑改造正式开始了……

前些年，我每次回西安都会回文艺路看看。还曾在好友的邀请下去刁家村里边的一个茶园子听戏，演员们水平也都不错，我自己美美地唱了几大段，真真地过足了秦腔瘾。也不知何时起，我就很少再踏进文艺路了，也许由于身在异地和工作的原因吧，渐行渐远了……

如今，西安的城市形象发生了日新月异的变化。站在西安大南门永宁门城楼上向远方眺望，昔日里拥挤狭窄的道路、参差不齐的房屋不见踪迹，一幢幢拔地而起的时尚摩天大楼尽收眼底……

生活虐我千百遍，我待生活如初恋。任何时候，我都会高高扬起我的脸，笑着面对一切苦辣酸甜！

2022 年 1 月 10 日完稿于清境明湖家中

一声吼温暖了整个寒冬

新冠疫情像是一场突如其来的考验，考验城市每个人的承受极限，却也在无形中拉近了人与人之间的距离。

元旦收到一条信息，不是祝福语是一条视频，“5号楼、10号楼下来领菜喽……”。这一声吼瞬间穿过我的耳膜，透过我的心扉。咦！这脆亮清丽的嗓音咋就那么熟悉，仔细一看，这穿着黑色羽绒棉服、包着红色花围巾、手执扩音小喇叭、站在寒风中仰着脖子向楼上高喊的不正是我的同学雒爱丽吗？雒爱丽，我在陕西省艺术学校的同班同学，一个非常优秀的小花旦演员。她演绎的秦腔《拾玉镯》《柜中缘》实在太传神、太经典了。可惜如今也脱离舞台数年……昨天做志愿者给院里封闭在家的同志们发政府免费菜。瞧这脆亮清利的嗓子一出口，顿时温暖了这个被疫情阴霾笼罩着的寒冷的冬天。前两天我俩还在微信中聊天呢，话题仍然是关于抖音中一个熟悉的“大白”面孔，我问：“你在抗疫一线？”那边传来她爽朗的笑声：“亲爱的，好多人都发信息问过我呢，不是我，是咱侄女。是不是长得很像我呀?”“像，实在太像了。孩子是医生吗?她怎么会穿着医生般的防护服在给市民们做核酸呢?那头上被勒出的一道道深深的红印看得我好心酸啊!”爱丽说:“亲爱的，我这不算什么，只不过就是帮着值班的男同事喊了几声。咱们院在抗疫一线的同事特别多，面对灾情，大家都没有退缩，反倒更加团结。感人的事迹数不胜数啊!咱侄女是民革南院门支部的副主委，此时她更应该起带头作用啊。”

雒彬羽是陕西省京剧院的一名二胡演奏员，同时也是一位民革党员，在全市封闭、大家都开始居家隔离之后，雒彬羽不想宅在家里“躺平”，而是主动向碑林区统战部申请当一名志愿者，加入到疫情防控的实际工作中。平日的工作中，她是一位美丽优雅的二胡演奏员;抗疫紧张时刻，她挺身而出，用另一种付出来传递艺术工作者的初心。刚开始穿防护服时，雒彬羽还不太熟练，如今已经可以很快速地穿好防护服，做好各项志愿工作，因为采样点太忙，她还发展了自己一位同事，一起加入到志愿者队伍当中。“核酸检测秩序越来越好了，我们会一栋楼一栋楼地叫，同时注意检测时的距离间隔。”她说，因为一直在忙，好像也不觉得累，回到家，经常觉得胳膊腿儿都不是自己的了，但是第二天，又会神采飞扬地爬起来，再次冲向检测点，开始新的一天的服务工作。

“他们其实最辛苦，有的人整夜都不能睡觉。”雒彬羽说，在采样点的每一天，无论是采样的医护人员，还是社区的工作者，都会带给她深深的感动，最辛苦的人，是他们。这样寒冷的天气里，医护人员因为采样要消毒，手总是又红又肿，特别令人心疼。社区的工作人员要协调安排每个院子有秩序地检测，还有背后的很多服务，经常成宿成宿地熬夜，真的特别辛苦，希望大家能够多一些理解。抖音镜头前，雒彬羽对记者表示，自己还要继续坚持在核酸检测点当志愿者，今后也将更多地参加志愿者服务工作。“帮助大家，这种心情不一样，虽然累，但有价值，心情好。”她说，自己很开心。

“做核酸喽……”这一声吼穿越云端，传到北京，传遍中华大地……

像爱丽姑侄一样辛苦奔波在一线的艺术家非常多，疫情突袭时，大家都踊跃报名，纷纷加入到抗疫一线。不惧困难，恪尽职守，共克时艰。我震撼！我钦佩！

疫情就是命令。古城的文艺工作者们毅然脱下戏装，穿起防护服，加入到社区门禁、场地消杀、核酸筛查、民生保障的抗疫工作一线。摇身一变，成了阻断疫情传播的一道屏障，也成为城市坚守的一道铁壁铜墙。这就是艺术家们的责任担当啊！

在2021年的最后一天，洋洋洒洒的飘雪中，一曲优美的二胡独奏在寂静的社区中央奏响……虽然曲调单一，但手中的弓弦却串起千家万户的同心之曲。

“我的城，我来守。”这是艺术家们的共同心愿。

一段段慷慨激昂的秦腔，展现着秦腔人抗击疫情的决心和力量。

这一声吼仿佛跨越千年……

你看，花团锦簇的舞台上走来了英俊勇猛、气场强大的吕布、周瑜、杨宗保……

又杀出英姿飒爽、武艺高强的女将梁红玉、穆桂英、花木兰……

你看，杨令公率众儿郎冲锋陷阵，势不可挡；佘太君领众女将勇冠三军，勇往直前。

此刻他们换下演出服、穿上防护服，都化身“大白”投入到最严酷的一线，变身做起了社区门禁、场地消杀、核酸筛查、民生保障等防疫工作，化身为阻断疫情传播的一道道屏障来坚守着自己的家园。

听听，这是艺术家的声音：

“刚才喊大家下楼做核酸，没想到楼房拢音，声音效果就像个巨型舞台。我觉得这也是我们的舞台，而且这个舞台更大，更有意义！”

“我真的是演员吗？”一个小演员喃喃自问，经过在一线值守的几天历练，她日渐觉察现实的丰富多彩，这些“身着白衣”的守夜人，在捍卫城市的同时，也丰盈充实了自己。

“通过这几天做志愿者，配合医务人员做核酸才真正认识到，病毒真的好可怕呀。我们全副武装毫不马虎，穿上防护服知道责任重大啊，从早上忙到晚上滴水不敢进，穿上防护服不能上厕所，所以医护人员实在太可怜了，我真的体会到了。”

2022 年 1 月 1 日。天空蔚蓝，阳光灿烂。刚刚过去的 2021 年最后一夜，有许许多多的陕西人彻夜未眠。我就是其中一员，虽说身在北京，但我的心时时刻刻和家乡连在一起，和我们的秦腔人连在一起。那里是生我养我的地方，那里有我的父老乡亲、兄弟姐妹，那里是我的根啊！

我想对家乡的人们说：昨夜的你，也许在守卫社区的安宁，也许忙碌在保障一线，也许在为协调联系熬红了眼睛，当这一切做完之后，只能通过一个视频为家人送上新年祝福……无论是何种，我都要说一声“谢谢”！这一夜，和此前的十几个日日夜夜一样，我们所有的爱与付出，为了城，也是为了家，为了国家。我们用责任与担当，相互映照，彼此荣耀。

在这个不平凡的岁末年初，抗疫、流调与隔离成为大家生活的关键词，却也使我们的根茎更紧密地生长并缠绕在一起。

昨天的寒风中，我们的秦腔人志愿者保障的十个小区的跨年夜里，大家纷纷发出美好祝愿，用实际行动来守卫我们的城市，我们的家园。假如每一段时光都能留下痕迹，那么 2021 年岁尾的这一段注定让我们刻骨铭心。顶风冒雪的日子已经度过，在这个阳光灿烂的新年第一天，我们眼前必将是春和景明。期待在大地春色摇曳之时，我们携手重回舞台之上，不负春光！西安，加油！长安，常安！

寒风凛冽的清晨，全副武装包裹严实的秦腔“大白”正忙碌地帮助医护人员一起给市民们做核酸……正挨家挨户敲门送吃送喝送菜送温暖。

“做核酸喽……”

“领菜喽……”

一声吼，回荡在古城的上空……一声吼，温暖了整个的寒冬。

抚州寻梦

说起这次南丰采风，我还真是差一点儿与这个有意义的活动失之交臂。前阵子，因身体不适四处求医，搞得人心情焦躁，对任何事儿都提不起兴趣。“那儿是汤显祖的家乡，你对戏曲那么着迷，多么好的一次机会，难道你不想到这个伟大的剧作家故里去看看，了解一下它背后那些鲜为人知的故事？”周老师的这番话顿时提起了我的兴趣。我是个戏痴，喜欢一切与戏有关的事物。想起这个伟大的剧作家汤显祖，我脑海中瞬间闪出了昆曲经典剧目，那个耐人寻味、百演不衰的《牡丹亭》……

去，
一定要去。
抚州寻梦去。

秋分时节，我们走进了抚州，恰好正值新中国七十华诞之际，我跟随中国散文家采风团踏上了抚州这片红色的热土。

是为纪念曾巩诞辰一千周年而来……

是为了解更多的红色故事而来……

更是为了仰慕汤显祖到抚州寻梦而来……

秋日的南丰，阳光温暖，惠风轻柔，湛蓝的天空白云悠悠，目光所及，美不胜收。我们十几个来自全国各地的冰心散文奖获得者，在精神矍铄的“80”后周明老师的带领下，浩浩荡荡地进入了主会场。

“咦！这是什么？”我好奇地指着眼前这个戴狰狞面具的人发问。只见此人身着艳色戏装，一手持斧、一手挥舞，伴随着旁边的鼓乐走上台前。旁边一位当地的老师附在我耳边说：“这个是南丰傩舞，距今已经有一千年的历史了。起源于原始社会图腾崇拜仪式中的傩祭，到商朝已经大致形成一种固定的用以驱鬼逐疫的祭祀仪式。这支舞叫作盘古开天地。”哦，这就是传说中的南丰傩舞啊！

快看，又上来两个人。一个身着红布花袍、头戴老翁面具白眉白须一手执扇一手拄杖；另一个头戴老妇面具红裤花袄一手抱仔，边走边舞，不时地把怀中小孩衣服撩起，轻拍轻晃。两人默契地配合并表现出得意洋洋的样子。“这支舞叫傩公傩婆，喜得贵子。他们用肢体语言将年过古稀喜得贵子的心情表现给观众。”噢，我似乎明白了许多！

“老佩，我们该进橘园赏橘了。”美女作家瑞瑾的声音把我从沉思中呼醒。

瞧，两个可爱的卡通橘娃映入了我的眼帘。我开心地迎上前去，迈着轻盈的脚步走入这葱郁的橘海中……哇，好一派明艳的乡村田园风光啊！两旁这高低平整的橘园，正在展示它生机勃勃的景象。从这一片郁郁葱葱的橘林里向远处眺望，橘子树在阳光下闪闪发光，已渐渐褪去青涩的橘娃娃们正在漫步走向金黄。它们时而静谧清幽，时而热情奔放，正忙着给园中播撒清香……我似乎能感觉到它们的呼吸，听，它们在轻轻地歌唱……

这满眼橘趣惹人怜爱，我忍不住将手伸向树枝，采摘一个快快品尝，“哟”，一丝酸爽瞬间沁透口舌……凉凉的，甜甜的，甜中还略带微酸；味道好极了！旁边的工作人员说：“再过十多天就是橘子丰收的时候了。”是啊！可以想象，橘子熟了的时候，橘园的景色会有多么美啊！

告别橘园，我们移步到山水相依的潭湖之畔。哇，一幅极美的山水流动画卷尽现眼前……

只见潭湖的两岸被翠绿欲滴的森林层层覆盖，空气清新，鸟语花香，多么好的大自然氧吧啊。潭湖之水清澈碧绿，湖面银光闪闪，轻舟划过，激起层层涟漪……愉悦的心情和着这丝香柔的风，真是美得令人窒息啊！

下了游船，作家们摆着游龙式的队形步入了岸边的红色栈桥。栈桥蜿蜒曲折，与湖水相映，有一种别样的静美，别样的意味。漫步其中，顿觉轻松舒适，身心愉悦。

此时，一缕幽香远远袭来轻轻地拂面滑过，又一缕幽香迎头而上，不浓、不烈、清新、淡雅，来得恰恰合时……我情不自禁地深汲一口，好舒心哦！

是花香？是草香？

许是墨香把我带入这千年不老村庄——曾巩故里，去探访我心目中南丰先生的前世今生。

曾巩何许人也？

他是北宋文学家、史学家、政治家，也是“唐宋八大家”之一。

走进曾巩故居，首先看到的是一群在庭院前后穿梭忙着干活的人。哦，原来是曾家后代刚刚做完祭祀祖先的仪式，正在打扫清理现场。稍稍等候了一小会儿，我们便在导游小姐的引领下走进文墨气息浓郁的曾家大院，聆听曾巩那鲜为人知、发人深思的故事。

曾巩出身儒学世家，其祖父和父亲都是北宋的名臣，他天资聪慧，记忆超群，十二岁就能够写文章了。曾巩在文学方面的成就很突出，而且还位列“唐宋八大家”，被世人称之为南丰先生，除此之外，曾巩还非常喜欢结交好友并且对朋友很真诚。在他自己尚未得中进士之时还向亦师亦友的欧阳修大力举荐他的好友王安石，后又在神宗面前夸赞王安石，这得有多么大的胸怀啊！

纵观曾巩一生：他为人刚正不阿、正直宽厚、襟怀坦荡；为政时廉洁奉公，勤于政事，关心民众疾苦，打匪除恶，奖罚分明，为老百姓做实事；他的散文记事翔实而有情致，论理切题而又生动。著名的《墨池记》和《越州赵公救灾记》等作品，堪称是散文的鼻祖。所写诗歌《城南》《咏柳》等作品风格质朴，精深工密，形象鲜明，称得上宋代近体诗中的写景佳作。他的传世书法孤品《局事帖》，共一百二十四字，竟然拍出两亿多的天价。

至于曾巩的文学成就有多么高，书法作品为什么那么值钱等自有专家去评说。我自知才疏学浅，还没到能去品评先贤的那个份上。于我而言，他刚正不阿的性格，他不同流俗的耿直风骨，以及在道德修养上的自我约束才是真正打动我的那些部分。

钱锺书曾经这样评论曾巩：“在唐宋八大家中，曾巩的诗歌远比苏洵父子好，绝句的风致更比王安石有过之而无不及。”可见曾巩的文学素养有多高。

我寻思着，如果用他的故事创作一部舞台剧，或是电视剧以及用多种手法来大力地宣传和弘扬他的文学精神那该有多好哇。他是反腐倡廉的清官，用于时下再合适不过了。

从南丰到抚州，短暂而丰富的三天，收获了知识，凝聚了友情。兴奋之时，在文友们的盛情邀请下，我还为大家表演了我的家乡戏秦腔。就这样边走边唱，带着大西北的秦韵秦声，我来到了此行最期待的地方——汤显祖纪念馆。

“汤显祖是明代的戏剧家、文学家。他出身书香门第，不仅精通古文诗词，而且能通天文地理、医药卜筮。他做官时政绩斐然，却因为性格耿直，看不惯官僚腐败，直言上奏而令皇上震怒，便被贬到浙江遂昌县去任知府。又因打压豪强触怒权贵而招上面非议和地方势力反对，最终愤而弃官回到故里，潜心于戏剧及诗文创作。”讲解员小田如数家珍地介绍着……我听得认真，观得仔细，我的心已渐渐走进他的世界……

这里环境优美、古朴雅致、馆藏丰富、格调高雅，集中介绍汤显祖一生的政绩以及他的艺术创作成就。素有“东方莎士比亚”之称的汤显祖一生创作了“临川四梦”，其中最著名的当数《牡丹亭》。

在这里，杜丽娘和柳梦梅的爱情故事被永久地传颂。不管是爬满绿色藤蔓的院墙，还是那雕梁画栋的亭台楼阁，或是那幽静清雅的竹林，还有那荷塘里洁净的荷花，都在安静与诗意中，循着古文人的足迹，让人更近距离地感受到古时的风花雪月。

走过庭院，穿过长廊，我仿佛跨越千年，渐渐地走入那柳绿花红……“原来姹紫嫣红开遍，似这般都付与断井颓垣。良辰美景奈何天，赏心乐事谁家院？朝飞暮卷，云霞翠轩，雨丝风片，烟波画船。锦屏人忒看的这韶光贱！”那熟悉的经典名段仿佛响于耳际……我轻移莲步，柔摆柳腰，做一副腼腆含羞的情态，又恰似情思昏昏的娇慵姿态，轻轻地一抖袖，表现出一番思怨缱绻……“小鸟儿不住檐前叫，比喻双飞绕树梢……金鱼金鱼真堪羡，成双成对水面玩，心中暗把佳期盼……”我将秦腔经典剧目《火焰驹·表花》带到了南方这幽静雅致的庭院，给令人敬仰的汤翁做一次汇报表演。我的全情投入的表演引来在场作家们的围观，大家纷纷叫好，热烈的掌声再次将我的梦想点燃。

我崇拜汤显祖，欣赏他心灵深处那无拘无束的自由世界，和他那至情至性的最佳境界。正因为有这样的格局，汤显祖才写出了“情不知所起，一往而深，生者可以死，死可以生。生而不可与死，死而不可复生者，皆非情之至也”这样动人心魄的千古绝句。

因为汤显祖的创作手法是“因情成梦，因梦成戏”，所以他用“梦”的外壳包裹着“情”的内核，击碎传统观念的束缚，大胆直接地将情梦展现于戏中。

要说“四梦”里最著名的应当是《牡丹亭》了。剧情主要描写了官家千金杜丽娘对梦中书生柳梦梅倾心相爱，竟伤情而死，化为魂魄寻找现实中的爱人，人鬼相恋，最后起死回生，终于与柳梦梅永结同心的故事。写的是至情观。而《紫钗记》呢，则讲述的是才子李益与霍小玉历经磨难，最终重结连理的故事。也是汤显祖“四梦”中的第一梦。此梦说的是侠情。再看看他的《南柯记》，话说书生淳于棼在梦中来到了大槐安国，被召为驸马，和瑶芳公主成婚。淳于棼后来当了南柯太守，很有政绩。不久外族入侵，公主受惊，不幸死亡。淳于棼被遣回乡，于是大梦方醒，淳于棼从此皈依佛道。说的是南柯一梦，讲的是佛情。在最后《邯郸记》里，那个叫卢生的人在梦中娶了有财有势的妻子崔氏，中了状元，为朝廷建立了功勋。奸臣宇文融虽然不断地算计、陷害他，但奸臣最终被杀。卢生做了二十年宰相，享尽了荣华富贵。后来睡醒，才知道是一场黄粱美梦。说的是道情。所以说他就是因情生梦，由梦生戏。这就是汤显祖的“四梦四情”。

戏如人生，人生如戏，情与梦的交织，不管如何演绎，“临川四梦”，不仅让后世人看到了瑰丽华美的文辞的魅力，更是彰显着汤显祖的精神世界。曲折离奇的事物不在梦里，它就在现实生活之中。

好的作品不会因为年代的更迭和岁月的变迁而流失，它温暖而有力，它善解人意，触碰灵魂。它的经典形象和情感体验陪伴一代又一代的戏剧人迅速成长。

应当说，抚州处处都是有诗歌、有故事、有文章、有梦想的地方……收获这么多的知识，真是不虚此行啊！

我到此来寻梦，来看梦，感触之余，不由得又做起了梦……花团锦簇的舞台；华美雅致的妆容；慷慨激昂的音律；余音绕梁的秦声……

但不知我何时又能圆梦呢？

2019 年 10 月 29 日于清境明湖公寓

爱上『牛小美』

提到洛阳，首先在人们脑海弹出的关键词一定是“牡丹”，但是，洛阳给我留下的烙印却是一则关于牛文化的别样的牡丹。

国庆节前夕，接到《中国纪检报》文娱部主任小钢兄电话，邀请一同去洛阳平乐参加一个活动。接到邀约，我心动不已。

洛阳，第一次听到这个名字是在上世纪七十年代末，我八九岁的时候吧，一切缘于父亲讲过的一个传说故事。

故事讲述的是有一年的冬天，大唐自称圣神女皇的武则天带着妃嫔、宫女和太监到长安皇宫里赏雪，喝醉了酒，她发现在那白皑皑的雪堆里，有点点燃烧跳跃的火苗。仔细一看，原来是朵朵盛开的红梅。武则天真是高兴极了！百花沉睡，俏梅争艳，银裹红点，好不美哉。这时，随从中有个人说：“武后，梅花再好，毕竟是一花独放。如果你能下道圣旨，让这满园百花齐放，岂不更成心愿吗？”另一人接着说：“如今严冬寒月，梅花开放正适时令。若百花齐放，需等来年春天。”武则天听后哈哈大笑，说：“春时花开，不足为奇。百花斗雪竞放，方合我意。”她借着酒兴令宫女取来白绢，随即写下一道诏书：“明朝游上苑，火速报春知。花须连夜放，莫待晓风吹。”

第二天，九十九种花都开了，只有牡丹没开。因为管牡丹的花神——牡丹仙子不愿为了献媚而违反时令。武则天问随从太监：“牡丹为啥不开？”随从太监说：“老虎是兽中王，凤凰是鸟中王，牡丹是花中王。王不朝王，所以它不开吧。”武则天大怒：“草木之王怎敢与我人王相比！”立即命人将长安皇宫内苑里四千棵牡丹全部挖出，贬往洛阳。哎哟喂，牡丹仙子好可怜，看得我那叫个生气哟。从此“洛阳”便在我的脑海中留下了深刻的印象。

在上世纪九十年代初，我有幸结识了自己人生旅途中的一对兄嫂贵人，因为他们两口子是洛阳人，我们相处如亲人一般，不知不觉中我渐渐地融入了他们的社交圈。时间久了，自然也就学会了几句河南话，特别是洛阳话。以至于后来我走到任何地方，但凡遇到河南人我便自称老乡，还时常秀上几句洛阳话。但遗憾的是，洛阳距离西安并不算远，我却从未有机会走进这个一直装在自己心中的中原之都。

在这个淫雨霏霏的下午，我终于与这多年来在心里不时浮现、向往已久的洛阳握手了。

这个季节来洛阳显然是错过了赏牡丹佳期，谁承想，我竟会倾心于奶牛的世界，愉快地邂逅了“牛小美”。

镇长递过一瓶酸奶到我面前。“谢谢！谢谢！不好意思！我从小都不爱喝酸奶，您见谅啊！”我客气地拒绝了。“这可与您平日里喝的酸奶不同，我们生生乳品厂的酸奶味道儿非常独特，饮后会有品尝新鲜水果般的口感。您就大胆地尝尝，我想您会喜欢上它的。”

我犹豫地接了过来，硬着头皮咬着吸管猛地快吸了一口……哇，一丝甜甜的、凉凉的、润润的，带着浓郁鲜果味儿的乳汁丝滑入喉，口齿溢满了鲜果的香甜……实在太好喝，味道太美妙了！

美味儿瞬间提起了我的兴趣。我好奇地环视着眼前的一切……咦，乳品厂的卡通迎宾：绅士的高富帅“牛先生”和可人的白富美“牛小美”瞬间吸引住了我的目光。我兴冲冲地跑了过去，跟随“牛小美”走进了它们那新奇奶牛大世界……

瞧瞧，这拥有最先进生产线的绿色乳制品加工厂，这带有异域风情的田园牧场……

快来看，这一排排壮观的奶牛生态养殖大棚里，一群黑白花的奶牛悠闲地吃着草，身上白一块黑一块的斑点花棉袄。瞬间让我联想起了大熊猫，真真是既憨厚又可爱呢！看这边，小奶牛鼓着两只大圆眼睛，有力地、悠闲地甩着牛尾。这时，一头奶牛温驯地走过来亲昵地舔着小奶牛的毛发，我想，这头慈祥的老奶牛一定是它的母亲。细细地观察，奶牛也是有自己的性格和特点的：有的矜持庄重；有的带点稚气；有的性子暴烈；有的又特别温驯，一双信任人的大眼睛，总是注视着你的每一个细小的动作。

哇，牛族们竟然也有着同人类一般的十二生肖、牛族三字经、牛家家训……

在牛先生和“牛小美”的私人厨房，奶牛精美的高级定制不由得让我惊叹。“啧啧，这牛小美你可真牛，每天吃得这么高级，穿得那么美丽。你说这牛先生有多么宠爱你啊！”小美眨巴眨巴它那美丽的大眼，笑眯眯地说：“这是它应该做的呀，你想想，我的营养提高，那么我产出的牛奶品质就会更高哇。我的后代也都是最好基因，我们的子孙代代繁衍传承，给人类提供最好的健康饮品，我吃得好点很值得吧？”哈哈，有道理啊！

奶牛幼儿园、小学、初中、高中、牛轮胎乐园、牛文化馆、奶牛公寓、可视挤奶大厅……眼前的一切都那么令我着迷！

“奶牛生下来就会产奶吗？”我半开玩笑式地问了这个幼稚的问题。美女村干部笑得前俯后仰，然后又给我普及了一下牛的生产知识。“奶牛跟普通牛一样，也有公母之分，只有母奶牛才会产奶！不过母奶牛并不是天生就会产奶，也要生完小牛犊才会泌乳，它的泌乳期比较长，而且怀孕期间也可以泌乳，一年中产奶的时间长达三百天！”她讲解得认真，我也听得入迷。在牛的王国里，我饶有兴致地倾听着奶牛的故事，兴高采烈地参与着牛族游乐场的游戏。

原来美妙绝伦的酸奶的母体都源自一个极度相似人类生活、童话般的世界哦！

这座占地二百亩的大型现代化奶牛养殖基地，乳品加工厂占地五十亩，拥有六条现代化乳品加工生产线，日加工能力可达三百五十吨。现存优质奶牛两千多头，每年可为加工厂提供鲜牛乳七千多吨。生产“生生”牛奶、乳饮料两大系列三十多个品种，产品畅销省内外。

生生牛奶，生生不息啊！

憨厚忠实的老牛，生活标准、生长环境以及牛的文化都达到了如人一般的高水平。那么在平乐，人的幸福指数又会有多高呢？我迫不及待地想知道答案。

镇长短暂沉默后笑着说道：“你问得好。在提高人的幸福指数上，我们确实遇到过许多难题。刚开始我们打算集全镇力量建立一个有本土特色的养牛大镇，对辖区贫困户我们采取贫困户挑选、政府买单的方式让大家一起共同富裕。但是，当政府的扶贫牛发放到贫困户手中时，由于他们不懂科学喂养，加之部分贫困户思想境界不高，懒惰，贪图眼前利益，所以也就出现了私下卖牛、杀牛吃肉等现象，也有因疏于喂养造成奶牛死亡的事例，棘手的问题层出不穷，也给扶贫干部出了大难题。”天哪！这可是在今年央视热播的扶贫大剧《一个都不能少》里面发生的剧情，现实生活中竟然真有其事啊！电视剧里的画面又在我眼前浮现……三个懒汉分到了村里的扶贫牛不好好喂养，整日把牛放养，任其在村子里面瞎晃荡，吃了别人家的花和草，还到处乱拉牛粪。后来竟然动了把牛卖钱、杀牛吃肉的心思。这可把村干部急坏了。后来在扶贫干部正确引导、苦口婆心的劝说下，懒汉终于醒悟了。将手中被饿得奄奄一息的奶牛送进了村里的现代化奶牛厂，懒汉也渐渐脱胎换骨，变成了养牛高手。

“那么，现实生活中面对这种情况，镇领导是怎么解决的呢？”我迫切地想知道答案。

坐在旁边的女干部安书记接过话来：“我们在面对困难和问题的时候，也义无反顾选择了直面问题、解决问题。在充分听取群众反馈问题和建议、在充分研讨历史文化的基础上与知名企业积极协商：一是将贫困户奶牛和自愿代养的奶牛全部集中起来由乳品企业牵头采取公司化管理模式集中养殖。企业负责全免费给当地农户提供各类相关专业技术培训，对培训合格人员，企业录用并发放工资。从根本上解决农户思想问题、技能问题及管理问题。在大家的共同努力下，才有了如今村民的收入翻了两番、企业效益一年一个新台阶的双赢局面，才有了今天不一样的奶牛企业和不一样的奶牛品牌。一伙普通的庄稼人，今天成了有文化、懂专业、能创收的经理能人，作为扶贫干部再苦再累我们都感到十分值得啊！”书记的一番话深深地打动了我。

此时，我不由得想起当代著名作家、我的陕西老乡路遥先生的一句名言：“像土地一样奉献，像牛一样耕耘。”

瞧！眼前这了不起的生生乳品厂，正在精心打造着自己的最佳品牌形象，他们以牛为核心，以千年传统文化为魂，正在讲述着欣欣向荣的奶牛故事。

回到宾馆，窗外已是灯火阑珊。眼前这一片斑斓仿佛是那一头头憨态可掬的生生奶牛在夜幕下欢乐地舞动……正是这一头头健硕的奶牛点亮了今日平乐一片辉煌，在全国脱贫攻坚战中，乡村干部用辛勤和智慧让今日的平乐人民提高了生活质量，真正地平安喜乐。

我又情不自禁地拿起这盒珍藏的生生酸奶美美喝了一口……

真鲜！真美味啊！

我想，我是真的恋上了这鲜美的生生酸奶。

真真地爱上了“牛小美”。

大运河的一曲赞歌

9月金秋时，也正逢北京的演出黄金季，京城各大剧场好戏连台，剧种繁多，给首都观众呈现着一台又一台的视觉盛宴。但在北京市朝阳区二十一世纪剧院上演的话剧《白鹭归来》却是那么别具风格，别开生面。因为它是国内首部以散文话剧形式打造的新生儿。

11日的夜晚，秋风微起，细雨如丝，刚刚步入剧院，眼前的一切便使我大吃一惊，剧场外人潮涌动热闹非凡，剧场内楼上楼下座无虚席。戏未开演，观众们已经满满当当地坐在那里等候开幕了。哇，好一幅观剧的壮观场面，真令我好生惊叹！究竟是什么样的话剧如此吸引观众呢？那就让我先自豪地介绍一下这部话剧的编剧——我们这位才情俱佳的著名散文家红孩老师吧。

红孩老师是北京朝阳人，是朝阳区培养出来的本土作家。生于斯，长于斯，在这片土地上长大的红孩深深地热爱着他的家乡，这里有他许多难以忘怀的记忆。据我所知，编剧红孩老师对打造这部散文话剧已经酝酿、构想、思考了不短时间了。一年前初冬的运河之旅给我留下了深刻的记忆……

在北京有一条著名的河，它有着悠久的历史，距今已有一千一百年的历史了，它的名字就叫萧太后河。我在北京生活已近十七年了，对北京悠久的历史文化、名胜古迹、文化民俗民风却还是了解甚少，属一知半解。许多著名的景点还都未曾去过呢，但是，说来也巧，这个萧太后河却在去年的冬日与我握手了。这一切缘于博导红孩的一个邀约，那日，周明老师和我，以及两位鲁迅文学院的学员、美女警官作家——上海的陈晨和湖南的申瑞瑾，我们这个五人小组在红孩老师的带领下沿着大运河一路向东途经通惠河、萧太后河等一些景点，走走停停地开始了采风活动。尽管寒风瑟瑟，却丝毫没有减弱我们探索大运河故事的兴趣。我们一路走，一路看，一路感慨地热烈议论着，说的都是大运河的历史和现状、感人至深的事迹和过去的故事。由于红孩老师生于斯长于斯，这里有他的童年，有他的青葱岁月，有着他对这片土地的热爱和难忘的回忆，故而讲起这里的历史绘声绘色如数家珍……

红孩老师说："由于那时北京属于辽国，辽人对历史记录有限，对萧太后和萧太后河的记录也很少，因此当代人对萧太后河的了解就更为稀少。如何让萧太后河在人们心中活起来，我就想着用什么样的手法通过文学艺术去表现。"

真是雷厉风行啊，不到一年时间，红孩老师便梦想成真，由北京市朝阳区文联出品，围绕属于北京"一城三带"的大运河文化带之萧太后河创作的中国首部散文话剧《白鹭归来》便在北京二十一世纪剧院公演了。该剧借助多媒体手段，融合京剧等艺术表现形式，以"形散神不散"的特点，展现北京地域文化特色，呼吁人们传承历史文化，关注首都发展。

"纵贯千年，串联起朝阳的文化记忆，一条古老的运河，见证了城市的沧桑巨变。”

这部以大运河为主题的散文话剧，故事主题鲜明，内容更加紧凑，情节更加跌宕起伏、扣人心弦。

本剧以一个“海归”女学生白鹭的视角，展现建设改造、拆迁、劳动力安置等城市发展中的现实问题，还以春生老支书为代表，通过说河、论河、爱河、爱家乡来阐释当代新农民的缕缕乡愁。用对知青林、金牛塑像等文化地标的保护，展现北京的发展和变化，同时唤起人们对生态环境和传统文化的保护和对美好生活的热爱。而白鹭则是一种象征，是对人与自然和谐共生的呼唤。

要说，我真佩服红孩老师的奇思妙想。国粹京剧贯穿全剧也是本剧一大亮点，作为全剧压轴节目剧中人物村支书、移民加拿大的白鹭妈演唱的《四郎探母》更是带动了观剧高潮，雷鸣般的掌声响彻整个剧场，观众情绪高涨，赞不绝口。

作为红孩老师忠实的粉丝，三场演出我每场必到。

一看《白鹭归来》，我是被观众的热情所感动，作为一个曾经的专业演员，我很注重观众的情绪，他们时而唏嘘不已，时而开怀大笑，时而掌声雷动，时而静无声息，都能说明这是一部牵动人心的好剧。

二看《白鹭归来》，我重点关注的是演员的表演，几位主要演员也很出色，可圈可点。尤其是春生支书和白鹭妈的精彩京剧唱段更是成为本剧的一大亮点。赞一个！

三看《白鹭归来》，引发我许多的思考：为什么在人们对艺术都有些审美疲劳的今天，到此观剧的观众依然如此爆满，激情不减？因为它真正地切入了人民的生活，说出了老百姓的心里话，讲好了一个北京故事。

好的艺术作品必是来源于生活而高于生活。有了切实的感情和经历，才能真正地创作出感人肺腑、发人深思的好作品。文学作品如此，舞台艺术亦如此。红孩老师曾写下的许多文学作品里都有大运河畔的影子，写父亲、写生活、写农场……笔笔动情，字字触心……

他有着很高的艺术天赋和创作才情。近年来，我注意到红孩老师笔下纵横多个文学门类。他既有无数的散文小说问世，又有诗歌和评论不断发表。更难能可贵的是他敢于不断地探索和创新，据悉，由他的两部小说《望长安》和《风吹麦浪》改编的中国首部散文电影后期制作已经完成，不久便可与观众见面了。

红孩创作的这部以大运河为题材的、反映城市沧桑巨变、呼唤人们精神回归的散文话剧《白鹭归来》上演正逢金秋之时。小人物，大情怀，接地气，动人心。这部有人文情怀、重视非物质文化遗产保护、真挚感人的散文话剧真是正能量满满的一部好剧啊！金秋，收获的季节啊！红孩老师，你真的好牛！大丰收啊！祝贺你！忠心地祝贺你！

2018 年 10 月 15 日

活在『屋子』里的中华鲟

2020年的春天，一场突如其来的新型冠状病毒肺炎突降武汉，举国民众在一句简单的“不给国家添乱”中自觉地把自己全都封闭在了家中，过起了视线里最大的世界就是窗外的生活。

此时，让我不由得想起了长江三峡中华鲟保护中心的鱼儿们，此刻，我们仿佛是圈养在养护池里的中华鲟，心中好向往外面精彩的世界啊！

那已是几个月前的事了……

第一次见到举世闻名的三峡，我瞬间被眼前这壮观的场面震撼到了。一片浓雾弥漫的山景隐现眼前，若隐若现，如梦如幻……微雨中观赏这幅流动的山水画面，总觉里面蕴藏着无尽的神秘。无论是在长江珍稀植物保护中心，切身感受植物的呼吸，倾听花开的声音；还是到中国最大的移民村许家冲参观三峡移民日新月异的新生活；或是走过的每一个地方参观的每一个工地，都给我留下特别深刻而难忘的印象。不到三峡，我不会想象到那么壮观的场面，不去中华鲟保护中心，就很难懂得三峡人为保护稀有鱼种所做出的努力。

你知道吗？中华鲟是鱼族里最古老的鱼种，曾是和恐龙并存的古生物种，即使恐龙灭绝了，但无论历经怎样的江河巨变和自然沧桑，中华鲟都以强大的生命力延续下来，生存到了今天，成为当代研究古代地球变化的鱼类“活化石”。在世界仅存的二十七种鲟鱼中，它是鱼类之首，所以被列为国家一级保护动物。

一亿四千万年来，中华鲟与长江母亲河结下了古老的亲情。随着大陆的漂移，自然的变化，中华鲟最终选择了最适应它们生存的长江作为繁衍生息地。同人类一样，中华鲟总是依恋着长江，不管离家多远，也要千里寻根，洄游到故乡的江河里生儿育女。近年来，环境的污染，水质的污染，使中华鲟亲鱼的性腺发育、自然繁殖受精卵的孵化以及幼鲟的生长和发育都受到了很大的冲击。作为国家一级保护动物，也常常会被渔民误捕，更有人偷偷打捞做非法交易。这些做法多么令人不齿啊！

在长江中华鲟自然保护区生命长江馆，我第一次近距离接触中华鲟。进入馆内，首先被眼前这硕大的屋子吸引住了。哇——这是鱼儿们居住的地方哦……一望无际的圆形养护池圈圈相连，宛若繁星般地闪烁着银色的光点……看似安静的区域会有隐隐的水流声响于耳际，比泉水叮咚奏得更舒缓些……“扑通”，一只鲟鱼翻了下身便激起了一捧水花……哇，简直太新奇、太好玩了！我情不自禁地脱离队伍向前跑去……看，这边几十个养护池里全是二代中华鲟，但标注的年代又不大相同呢，那边再瞧瞧……咦，这个鲟三代为什么比鲟二代年纪还要大呢？我好奇地观赏着这些生长在室内的鲟鱼种族，迫不及待地想知道发生在它们身上的故事……

“从三峡建设之初至今，三峡人对中华鲟放流和保护活动已进行了三十一年，其间历经艰难曲折。上世纪八十年代，投进长江的只有一厘米长的鱼苗，我们称之为‘水花’，而且中华鲟产的卵只有 5% ～

10% 能育成‘水花’，若在人工环境下继续养下去就会死亡，由于‘水花’太小，进入长江，不少被吞到天敌的肚子。如果把捕捞到的野生中华鲟亲鱼称为祖辈，通过其繁育出的一代即为父辈，父辈在人工条件下发育到性成熟，繁育获得的下一代就是子二代。即便是野生中华鲟消亡，我们也可以通过人工繁殖的手段确保长江旗舰物种中华鲟不灭绝……”陪同我们参观的三峡集团副总工程师杨骏如数家珍般做着详细的介绍。

在感慨三峡人为保护生态付出艰辛与努力的同时，我不禁想起《庄子·秋水篇》中庄子与惠子同游濠梁观鱼事：一日，两人同游于濠梁上，见一群鲦鱼来回游动，悠然自得。庄子曰：“鲦鱼出游从容，是鱼之乐也。”惠子曰：“子非鱼，安知鱼之乐？”庄子曰：“子非我，安知我不知鱼之乐？”从先贤到今天，人类对和谐生存环境从未停止过奋斗的脚步。你看，鱼儿们在这么宽敞明亮的大屋子里生活得多惬意！我想，在它们心里一定饱含着深深的感激。感谢三峡人带给它们的新的生存环境；感恩三峡人精心的照料、科学的养护，使它们能安心地繁衍，子孙延续。

真正的爱是发自内心的悲悯和关怀，是不假思索伸出的援救之手。三峡集团长江三峡中华鲟保护中心作为具有强烈社会责任感的企业公民，以强烈的历史担当和深厚的民生情怀，执拗地坚持体现了对社会主义生态文明建设规律的科学把握，在社会各界生态保护热心人士的支持下，今后将继续投入，中华鲟的保护将会得到显著改善，他们通过自己的努力尽可能地保持生态系统的丰富和多样性，这不仅有益于大自然，也有益于人类本身。使保护中华鲟成为长江大保护的一张绿色名片，我想宽敞明亮的大屋子里有更欢畅游弋的中华鲟，也希望更多的中华鲟从这里回归它们的自由天堂——长江。

说到这里，不禁想起几年前偶然的聚会，餐桌上，一盘清蒸的中华鲟被端上来，朋友们吃得津津有味，不时地赞叹着如何美味。当时，我也并没有思索太多。但现在看到这些在水里欢快的鱼儿，和餐盘中的鱼形成了鲜明的对比，让我感慨万分。餐盘中的鱼对生命和自由渴望却游不出一方白盘，生命在人们的欲望中画上了句号。每个生命都渴望生活在和平自由的时代，动物亦是如此。

人类已从钻木取火的丛林社会迈入高度现代文明，而人类赖以生存的伙伴为了繁衍、生存却不得不从自由开心的大自然走进室内。

我看着池内的鱼儿，独自在想，假如人类能用语言与鱼儿交流，我一定会问鱼："离开了长江水进入室内，你们觉着孤独吗？"鱼儿说："我好怀念以前哦，在这里我们肩负着更重要的使命，我们要有责任、有担当，在这里我们享受着最高待遇的受孕过程，在这里我们繁衍生息代代相承，一想到我们拥有身份证的鲟鱼族类回归长江畅游长江，我就发自内心地开心和感动。但是，我还想说：你们人类总是在说我们中华鲟是稀有的保护动物，那为什么还有人偷偷地打捞我们，残忍地吃掉我们呢？自由是我们的天性，寻根是我们的习性。好思念生活在蓝天白云下的日子；好思念以前在绿色荡漾、清澈见底的江河之上畅游的时光；好思念水族的朋友们啊！我需要亲人，我不想做一条孤独的鱼！"

这就是鱼儿的声音，你听到了吧？如果我们都能像三峡集团精心保护中华鲟一样保护野生动物，保护大自然那该多好啊！如果世间万物和谐相处，人类也就没有那么多的灾难了。

其实，保护大自然就是保护人类自己啊！

2020 年 3 月 5 日

老爸老妈，真想好好拥抱你们啊！

想念老爸老妈了！在手机上反复翻看二老去年在北京的照片，不由得想起很多有趣的事来。这话题可就引到了2018年初夏……

一

那日天气不算太热，我寻思着，老两口明儿个就要回老家了，这段时间整日里都是家常便饭，家周边的中餐厅也都曾品尝过，得给他们换换口味，来个新鲜的。对，得给老爸老妈吃顿洋餐。目标锁定在著名的马克西姆餐厅。

傍晚，便带着爸妈来到了坐落于崇文门西大街2号的巴黎马克西姆餐厅。推开“古朴”的旋转门，仿佛置身于十八世纪的法国巴黎的豪华宫殿。餐厅内枫树叶状的吊灯与壁灯散发出幽暗的光辉，映照着墙上的鎏金藤图案，摹自卢浮宫、故宫的装饰壁画。四周无数水晶玻璃镜、五彩缤纷的彩画玻璃窗也都很有特点。装修是旧式欧洲贵族风格，暖暖色调让人感到很温馨。老爸老妈用新奇的眼光环顾周边的一切，好似在逛西洋景。

“幽静”的大厅里，每个桌子上都配上了一个烛台，所用餐具也十分精美。从立柱上的雕花以及灯饰和小细节上，便会感受到这个餐厅的品位。我们选择了大厅靠角落的位置，正前方有一个表演台，有专人在上面弹奏钢琴曲。真是浪漫又惬意啊！

头牌菜上的是蔬菜沙拉，老妈看着桌前新鲜的蔬菜纳闷地问：“咋是生的？都不炒熟叫人咋吃呢？”随即往我盘里拨去一大半。

不一会儿，奶油蘑菇汤又摆放在面前。妈妈又一脸疑惑地问：“芝麻酱也能当饭吃？”我“扑哧”一声都快笑喷了，悄悄地在桌子下拉了一下妈妈的衣角，轻声说：“是奶油蘑菇汤，您尝尝，好喝得很呢。”再回头看了一下老爸，那可更加搞笑了！只见他将法式面包撕成一片一片地泡进汤里，无奈地摇着头说：“这外国人吃的都是些啥吗，泡馍么，也都上席面了。实在太难吃了。”我又无奈，又委屈地说：“带你们来这里就是想让你们感受一下环境和氛围，了解一下异国风情和饮食文化。没吃过、没见过的咱都尝尝，算是先垫个底，回家后咱还可以再吃合胃口的么。”随后，两盘蜗牛亮相了……这下可真让爸妈惊叹不已！“蜗牛，就是身上背着一个大壳子的呱呱牛，我的天哪！蜗牛都能吃？咦，看着瘆人得很！”爸爸摇着头说。“这个蜗牛不同于一般蜗牛，营养价值极高，味道超级好，你们就尝一下嘛。”看我一脸讨好的分上，老妈很给面子，勉强地吃了一个也没给什么好评。“嘿嘿，主菜藏红花大虾上桌了……”我兴奋地一边说着一边将老爸面前摆放的刀叉递到他手中，教他如何吃掉眼前的这道西式硬菜。奇怪，我的刀叉不知什么时候也跑到了老爸面前？老爸瞅着面前这一堆刀叉勺无奈地摇头叹息道：“吃个饭又不是做手术，要这么多的刀叉做啥哩吗？连个筷子都没有，不习惯用刀叉难道只能用手抓不成？”

总之，老爸对这餐饭的总结词是：“食之无味，价钱昂贵。”

二

爸妈回西安的机票是晚上 8 点 25 分的，可老两口非得提前四个小时出发去机场。我理解！正如老爸常常挂在口边的一句戏言："老夫离家日久了。"足见老两口思家心切之情啊！我虽有意留爸妈久住北京，好时常在堂前问安（其实还是劳烦老妈每日操劳做饭），怎奈老人毕竟还是适应老家的生活状态和人文环境，北京在他们心里本就是他乡，始终无法真正地融入。想来也是，一方水土养一方人，爸妈年纪大了，非得要求他们按我们的想法去生活实在不太现实，虽说我们是为了孝敬去做，但还是要顺从老人的意思啊！

忆起机场换行李牌的一幕让我好生后悔但又实属无奈！因为考虑到老爸是脑梗患者，又和老妈两人回家，我不放心，便将二老安置在机场一边的椅子上坐定，然后推着沉重的行李来到人工值机台与服务人员协调特殊照顾事宜。我对值班员说："你好！我的老爸身患脑梗，能否帮我安排靠前点的座位和轮椅服务？"话音未落，只见我的老爸抢先抓起近六十斤重的大皮箱准备往值机台置放。他是什么时候跑过来的呀，这不是更让我分心给我添乱嘛！我无奈地大喊道："老爸，您这是干什么呀？"可他还是不听，继续操作。我急忙抢过皮箱拉手气急地说："您别添乱好吗？我真的好累啊！"老爸一脸无辜地站在一旁，说："就是看你太累，想过来帮帮你。"不知怎的，鼻子一酸，我的眼泪快流下来了。

办好手续，我便招呼着爸妈来到机场的上岛咖啡店。爸妈不解地问："到这做啥哩？"我说："现在离登机还有三个多小时呢，这儿环境好，你们在这儿坐着吃点东西、喝点水多美啊，要学会享受生活。"二老虽说有些不乐意，但为了照顾我的情绪还是勉强坐到了这里。翻看水单，征求他们意见，左说右劝的，最后他们终于商定好了，觉得两碗红烧牛肉面比较实惠。我埋了单，端了两杯柠檬水放在桌前。在爸妈的催促下，我虽不放心但还得向机场外走去（因为车子在机场外等候已久）。行至几步，忽然收到特殊通道的通知。怕爸妈疏忽了这个事儿，这可是我花钱买的哟，便又回头去找爸妈。此时，只见两三个服务员正围着老两口说着什么事，急忙赶上前去一问究竟。原来是收银员疏忽大意，六十九元一碗的牛肉面算成了老价格四十九元，两碗少收了四十块便与老人讨要。我连忙掏出四十元交与他们让他们赶快散去，老妈看着那碗面心疼地说："我的天哪！这一点面就六十九块钱，咋这么贵哩，早知就不吃了！"唉！可怜天下父母心啊！他们宁愿委屈自己，也不愿让孩子多花费。真真让我心酸又难过啊！

想起还有正事要告诉他们，我便与老爸说："一会儿安检时可以在特殊通道进入，这个号码发到您的微信，给接您的人看一下就好了。"信息发出，老爸手机怎么未有反应？便拿过老爸的手机检查，再试着发几遍，还是收不到啊！这是为什么呢？让我费思量啊！噢——不会是没开流量吧？仔细查看，嗨！还真是没有开呀！我的老爸老妈呀，你们倒是给谁省呀？可真真愁死我了！

"车还在外面，小心罚款，你快些走吧！"在老妈不停的催促下，我无奈与二老告别，转身匆匆地向外面走去……不舍地回头张望时，只见二老依然站立在那里默默地注视着我……那一刻，我的心像打翻的五味瓶，都说不清是什么滋味了！亲爱的老爸老妈，真想扑回去好好拥抱你们啊！

老佩说秦腔

从小生活在戏曲世家的我，在娘肚子里就接受秦腔的胎教，呱呱坠地，便开始接受秦腔的熏陶。秦腔在我内心深处不仅是一种艺术，它早已成为我的心灵归宿。只要听到秦腔的旋律响起，我便会热血澎湃，激情满满。那种挚爱，是扎根在骨子里的。

有人戏称我是散文队伍中会唱秦腔、秦腔演员里会写散文的人。那可实实不敢当。其实，秦腔演员队伍中能写散文的大有人在，而且写得非常不错。而作家队伍中也有很多老师爱唱秦腔，比如，陕西籍作家杨增光老师就唱得非常不错。

在作家圈中，很多老师都非常热爱秦腔。阎纲老师、周明老师、李炳银老师等，他们非常热爱家乡，对家乡戏也非常支持，每当家乡戏进京演出，他们必定前去捧场，并且对秦腔的认知和点评那都是高水平的。著名作家贾平凹曾经写过散文《秦腔》，字里行间展现了这片黄土地上的风土人情；陈忠实在长篇小说《白鹿原》中更是描绘了农村演唱秦腔的画面；导演张艺谋在其电影《红高粱》《秋菊打官司》中更是直接采用秦腔。这些无一不在展现着西北土地上的热血。

记得那是 2007 年 7 月初，我带着北京的文学爱好者赴陕西拜访陈忠实老师。当天我还邀请了我的好友影视演员吴珏瑾，她在周星驰版《大话西游》里边扮演的牛魔王的妹妹牛香香是很出名的。可是很多人都不知晓，她还是著名秦腔表演艺术家全巧民的得意门生，一个真真正正的优秀的秦腔演员呢。谈话间隙，我们聊起了秦腔，兴之所至，我们俩还给老师演唱了秦腔《火焰驹》和《虎口缘》里面的经典唱段。陈老师看得认真听得投入，左手拿着雪茄、右手在桌子上拍打节奏的画面至今仍印在我的脑海里。

秦腔，是融入秦人骨子里的血脉。有秦人的地方就一定会有秦腔。在北京，大大小小的秦腔团社就有几十个，我因秦腔和这些爱好者结缘，因自己是科班出身，所以大家都非常尊重我，我们在一起常常唱秦腔、聊秦腔，感觉像回到了家乡一样！

说到秦腔，很多人都会想到“吼”，这是秦腔给大家最直观的印象。其实秦腔的艺术表现形式多样，它有悲壮苍凉，也有凄美幽凉。古老的秦腔，是一种让西北大地民众痴迷的艺术。独具天赋的艺术创造，别具一格的艺术表演，使秦腔朴实、粗犷、细腻、富有夸张性。唱腔从高亢激昂而趋于柔和清丽，既保存原有的风格，又融入新的格调。

一方水土养育着一方人。苍茫无际的黄土高坡，没有遮拦的漫漫平原，创造了秦人的耿直与倔强。在日复一日的漫长时光中，面朝黄土背朝天的秦人，在汗流浃背的农活之余，总是习惯吼上几句，或悲壮苍凉，或浑厚高亢，那一定哼的是秦腔；你到乡下集镇，将近傍晚，有一群人拿着凳子，向一个地方拥去，再等一会儿，大喇叭响起，那一定是去看秦腔。有秦人的地方，处处都能感受到秦腔的影响力。城墙下、公园里，总有那么一群人，拉着二胡，敲着梆子，中间站着的一个笔直挺立，或带着表情动作，开嗓高歌，慷慨激昂，那是在演唱秦腔。

可以说，秦腔就是秦人发自肺腑的呐喊，它情感饱满，摄人心魄。其实古老的秦腔与现代的摇滚音乐较为接近，也正是因为这种源远流长的深厚积淀，许多新生代摇滚音乐人都是从陕西脱颖而出的，而秦腔也因此被誉为最古老的“摇滚”。

著名的摇滚歌手郑钧也是陕西人，他曾经说过这样一句话：“在全中国，没有哪个地方的音乐像陕西的秦腔一样，直接、豪放、苍凉、呐喊。”和他观点相同的还有著名陕西籍音乐人摇滚歌手许巍。记得在 1997 年深秋，我与许巍在西安会面了，当时，他创作的流行歌曲《执着》红极一时。这首歌是由许巍作词作曲的，也是田震的成名曲之一。在西安东大街的一家咖啡屋小聚，许巍也清唱了这首歌给我们听。我个人感觉许巍本人唱得更有韵味，或许这和他自身的经历有关。我们一起聊秦腔聊音乐非常投机。我唱了一段秦腔，他拍手叫好说：“秦腔好听，很有韵味。佩君，你能不能带我去看场秦腔？”我开心地答道：“那太容易了，我这就给你安排，你是想看戏曲研究院的戏呢，还是想看易俗社或是三意社的戏呢？”他摇了摇头，说：“那些大院团的就不看了，我想看乡下最原始最朴素的那种，也就是原汁原味的那种。”我随即就给他联系，第二天我便带他到了长安县一个村子去看会戏。民间艺人仰着暴出了青筋的脖子，尽情地吼唱酣畅淋漓的红生唱段“七十二个再不能……”，《忠保国・叮本》正旦，须生和花脸的紧节奏对唱看得他热血沸腾，他连声对我讲：“秦腔太棒了，这才是真正的摇滚啊。”可以说，秦腔对他的震撼和触动很大。

这些年，在中国艺术研究院《艺术评论》杂志上班之余，我还参加中国散文学会的工作和活动。常常与作家朋友在一起交流，我也会给大家表演秦腔。所以熟知我的朋友都知道我有两个爱好：秦腔和陕北民歌。

我爱秦腔有我的渊源，秦腔是我的神与魂。

每逢朋友聚会，大家都会起哄让我唱段秦腔。爱唱戏的我呢，基本不会放过任何一个能够让我展示家乡戏曲的机会，踊跃地站起来表演为大家助兴。脱离了舞台，饭桌也是我展现秦腔的地方之一。常常有朋友劝说不要在那种场合演唱，有失专业演员身份。但我是用心推广我最爱的秦腔，能有机会演唱，我自己也很愉悦，我不认为丢人。不过话又说回来，“观众”也不尽一致，还要看听戏的观众是什么样的素质。

秦腔界有一句行话：“内行看门道，外行看热闹。”内行，是指业内人士及一些资深戏迷。外行，大多是指一些对戏曲并不很了解，但又附庸风雅、爱凑热闹起哄的那种。

遇到懂行的呢，从内心非常尊重表演者。他会很投入很认真地听戏，自然地陶醉其中，遇到耳熟能详的唱段还跟着轻轻哼唱。外行听戏是凑热闹，听戏间推杯换盏、吆五喝六地招呼着：“这可是名角啊！可以录啊，机会难得，快录像……”极其不尊重表演者的付出。我算哪门子名角呀？遇到这种情况，我心里也非常不满。

有秦人的地方一定会有秦腔，每次遇到这些场面我都非常开心。

我熟知的京城周至人刘元林，可是真爱戏、真懂戏之人啊！他在公安部文联工作，每当家乡周至剧团要上京演出时，他就提前数日组织周至乡友对剧场接待、组织观众、对外宣传的事宜进行商议，当然，这样的活动每次也少不了请上领头羊、八十多岁进入耄耋之年的周明老师。作为一名家乡人，曾经的秦腔演员，我也义无反顾地参加到这个周至的团体之中。元林对秦腔的那份热爱，组织起来那个干劲，知道的说他是在北京工作，不知道的肯定会以为他是剧团派来的外联主任。这些年他写了许多关于秦腔和秦腔演员的文章，读起来朴实亲切，还特别过瘾！这位真能称得上是听戏的行家。

前些日子去单位医务室开药，有幸认识了高医生，当我报出名字时高医生恍然大悟："你就是朱佩君老师啊！我一直在秦腔缘老乡群里看你的文章，读起来非常亲切，没想到咱们竟然距离这么近，在同一个单位。"老乡见老乡自然是很开心的，我也为这次意外相识而高兴。高医生也是陕西人，而且特别喜欢秦腔，我们一见如故相谈甚欢。提起秦腔，高医生眼里充满着喜悦："小时候，村里交流会就会请秦腔戏班来演，基本上三天五场戏，如果结束的时候有加演会提前预告。对县剧团的主角，大人们是如数家珍，最期盼的就是西安来的演员，说起西安的秦腔演员，他们的崇拜之情溢于言表，不亚于现在一些明星的狂热粉丝。那时候，我常常跟着爹爹奶奶去看戏。那种看戏的热情是盛况空前，村里人早早地就背着板凳儿去台下占位置，待到开戏前，台下已经是人潮涌动乌泱泱一片。舞台口，二幕两侧都挤满了人，由于过度拥挤，常常会出现一些踩踏现象。所以台口就有维持秩序的拿着长杆向观众席虚晃着扫荡，有时也有失手打得头破血流的，不过被打着的人往后一退，流血了也自己处理一下不会找事。大人常说：唱戏的是疯子，看戏的是傻子。朱老师你觉得这话有道理吗？"这话一点都不假，台上的人演戏，台下的男女老少仰着头瞪大眼睛投入其中，常常被剧中人物命运带得时忧时乐时喜时悲。他们早把这些戏词熟记于心，会像老行家一样跟着剧情一起哼唱，但凡台上演员有一点点的出错，台下便是一片议论和叫倒好。

高医生饶有兴趣地说："村里的男人们在地里干活，累了歇会儿的间隙，放下锄头，点根纸烟，再吼一段秦腔桄桄子，别提有多舒服了。那时候，家里的老人教育孩子也都用戏词：'曾子曰，吾日三省吾身，为人谋而不忠乎。''早知书内有黄金，高点明灯下苦心。'"是啊，这些秦腔戏教会了人们很多历史知识和做人的道理，戏曲艺术高台教化，历史故事和典故灌输给人们许多知识。

秦腔就如同一碗烈酒，发自肺腑的呐喊震耳欲聋。或许它没有昆曲、越剧、黄梅戏的吴侬细语婉转柔情，也没有京剧的雍容华贵，更没有流行音乐的朗朗上口，但它宽音大嗓，直起直落，既有浑厚深沉、苍劲悲壮、慷慨激昂的风格，又兼备缠绵悱恻、凄切委婉、清丽动听的唱腔特点，更能彰显出它独特的艺术魅力。

随着我在北京生活的广泛与深入，我业余参加的义务演唱也就多了，但凡有我参加的活动，就一定有秦腔的声音。到后来许多北京的、外地的朋友常常疏忽了我的本职工作，还以为我是至今依然站立在舞台上的专业演员。当然作家圈的朋友也喜欢听我唱秦腔，文学圈的活动无论是研讨会还是采风，我都会给大家表演秦腔。为了方便大家了解秦腔历史，听懂唱词儿，我常常会在演唱之前介绍一下唱段背景。在所有的秦腔唱段里，我最喜欢唱的还要算是秦腔经典名剧《火焰驹》。这是秦腔的代表作，上世纪五十年代就拍成电影在全国放映，当时非常轰动，是脍炙人口的一部好剧。原本是学老旦的我还偏偏喜欢上了大家闺秀黄桂英，这出小姐和丫环的《表花》和《花园》中的苦音和欢音板式特点相结合的唱腔，我常常是一个人分饰两角来清唱。每次表演前，我肯定会给大家介绍一下秦腔的由来和特点，紧接着再把所演唱片段的唱词给朋友用普通话朗诵和讲解一番，手机里的秦腔伴奏响起，我会瞬间投入到角色、人物情感之中，借物喻人，触景生情……“小姐：小鸟儿哀鸣声不断，它好像与人诉屈冤。是何人将你们双双拆散，看起来我和你同病相怜。丫环：姑娘不要太伤感，赏赏花儿解心烦。你看点水蜻蜓上下飞翻……小姐：我无心看。丫环：那边厢恋欢蝴蝶往来旋转……小姐：我不喜欢。金鱼啊金鱼啊，鱼儿结伴嬉水面。落花，惊散，落花惊散不成欢。我好比镜破月缺谁怜念，不知何日得团圆。丫环：姑娘不要太伤感，镜破月缺可重圆。岂不闻好事多磨终有盼，迟早总有那一天。”多么考究的唱词，多么美的意境啊。这出戏是秦腔名家肖玉玲的代表作。这段唱腔当年被演绎得委婉动听，耐人寻味。作为经典，在三秦大地广为流传。我之所以爱将这段唱腔给大家推荐，源于想改变外界人对秦腔的那种“累破头”“只是吼”的印象和看法。想让人们知道，秦腔既有“慷慨激昂，苍劲悲壮”，也可“行云流水，委婉动听”。最让我开心的就是我让越来越多的北京人听懂了秦腔，喜欢上了我的演唱。每当想到我在京城用“会朋友”这种机会唱戏，赢得了那么多朋友的拥戴，吸引了那么多的粉丝，我还是很知足的。

去年秋天，在中央音乐学院附中阶梯教室开启了我的第一堂秦腔知识讲座——我的秦腔缘。讲课前，音乐系主任、著名二胡演奏家马向华和朱江波老师热情地接待了我及我邀的拉板胡的许小林大校和助理恬恬，江波老师说：“朱老师，我们是第一次请老师来讲秦腔，附中的孩子们可能对戏曲不太了解，如果中途有学生离开，您可千万别见怪啊。”有了心理准备，在愉快的秦腔曲牌《小桃红》的伴奏声中，我便从容地走上阶梯教室的讲台。从我的秦腔缘开始拉开了讲座的序幕……

什么是梨园？秦腔的历史、秦腔的发展、秦腔的表演特点、秦腔的音乐板式特点，九十分钟的讲座穿插着表演和互动，引起了学生们极大的兴趣，非但没有学生离开，还吸引了许多大学部和研究生部的学生前来听课。同学们踊跃地走向讲台。和我一起学习秦腔的水袖、折扇、马鞭等戏曲表演动作，课堂气氛热烈，掌声此起彼伏。江波老师开心地说：“这是一场别开生面的讲座，没想到学生们这么喜欢朱老师讲的秦腔。朱老师，谢谢您啊！”讲座完成了，我和大校、恬恬开心地笑了！

两周后我接到了一个微信，是中央音乐学院附中的孩子发来的。她说：“朱老师，告诉您个好消息，听完您的讲座后，好多同学都开始关注秦腔、喜欢上秦腔音乐了。我们系也新增加了秦腔欣赏课，期待再次听到老师您给我们说秦腔啊。”

你说，还有什么事比这更开心呢！

烟台，英雄之城

夏末秋初，又见烟台。

这里山海相拥，风光旖旎。无论是一望无垠的金沙碧浪、景观奇妙的大小岛屿，还是闻名遐迩的蓬莱仙阁、缥缈奇幻的海市蜃楼等，都是我向往已久、期待观赏的名胜古迹。这是一座让你见了第一眼就觉亲切而又难以忘怀的城市。这里是鲁菜的发祥地。既有珍馐名食，又有大众美食，尤其烹调海鲜独树一帜。这里是礼仪之邦，遵循孔孟之道，受儒家思想熏陶的山东人善良质朴，厚道热情。每每踏入，我的心里倍感温暖。“做客神仙地，陶醉美酒城。”“金奖白兰地，味美思张裕。”这些都是赞美烟台美酒的诗句。烟台除了沙滩、礁石、小岛等自然资源，葡萄酒文化是它的城市新名片。在这里看山、观海，会使人心情愉悦，惬意轻松。轻轻地走近，慢慢地享受，渐渐地，不经意间，我竟迷恋上了这座城市。

美景、美酒、美食虽令人赞叹不已，但烟台的英雄故事更加让人着迷。

烟台，英雄之城。

眼前这波涛汹涌的大海，在我心中荡起无限涟漪……

你看，海面仿佛是一个巨型水幕，它正在述说着英雄那感人的故事。

一部长篇小说《林海雪原》和一部京剧现代戏《智取威虎山》，把杨子荣和威虎山连同那一段剿匪历史炒得沸沸扬扬、家喻户晓、妇孺皆知。智勇双全、气冲霄汉的杨子荣假扮土匪、智擒座山雕的故事主要发生地海林一带，也常常被人用“林海雪原”来指代，而杨子荣更是超越了生命个体，进而成为具有文化含量的历史人物，成为一种精神指向和英雄形象代言人。

生长在六十年代的我们，有几个不知道杨子荣，又有多少人没看过《智取威虎山》呢？特别是我们这些个戏曲演员，几乎人人都会表演其中片段。著名京剧表演艺术家童祥苓在京剧《智取威虎山》中，塑造了一个年轻帅气、英俊威武，具有高度勇敢和智慧的杨子荣形象，在人们心目中留下了永不磨灭的印象。

走入杨子荣纪念馆，一面大型浮雕映入眼帘，我瞬间被震撼到了。革命英雄的故事镶嵌其中，偌大的纪念馆内，一幅幅珍贵的照片，一个个逼真的场面，无不讲述着英雄的故事。听着图片里的故事，我渐渐地进入情景，那些个精彩的舞台形象闪现在眼前……“穿林海跨雪原气冲霄——汉”在大型乐队豪迈激越的伴奏声中，英俊威武的杨子荣化装成土匪准备打入座山雕匪巢，肩负着人民期望的杨子荣，纵马驰骋在万里雪飘的山野，面对群山抒发着革命战士的豪情壮志：“愿红旗五湖四海齐招展，哪怕是火海刀山也扑上前。我恨不得急令飞雪化春水，迎来春色换人间。”林海雪原中策马奔腾的那套程式动作，也是戏曲演员的必修课程。在“深山问苦”中，“八年前风雪夜大祸从天降……”这段小常宝如泣如诉、悲愤交加的唱腔也作为我们的秦腔教学唱段一直在传承。《智取威虎山》这出戏，也作为戏曲经典保留剧目一直立于舞台，常演不衰。除了京剧，秦腔、豫剧等各大剧种也都在一直上演，舞台呈现均堪称经典。在“打进匪窟”一场里，他之所以能够那样沉着、镇静，面对着凶恶的敌人，他能够那样应付自如，是因为他“胸有朝阳”。“会师百鸡宴”一场，土匪栾平的突然出现，使杨子荣面临着十分险恶的处境，但是他临危不惧，完全把个人的安危置之度外。智斗栾平，出奇制胜。那段道白：“三爷，我胡彪一向不受小人欺，今天为了你才得罪这条疯狗，他才这样穷凶极恶。今天有他没我，有我没他，留他留我，三爷你随便吧！”生动的人物表演，经典的戏曲台词，我至今熟记于心，随口念来。杨子荣与土匪的黑话问答、趣味盎然却又扣人心弦的“天王盖地虎，宝塔镇河妖”“正晌午说话，谁也没有家”都已成为流传金句，常常出现在戏剧小品里。那些熟悉的舞台画面，那些脍炙人口的经典唱段至今都铭刻在我的记忆中。

那么在真实的历史中，杨子荣打虎上山是否真有其事？当“张三爷”成为“张司令”，座山雕又为何躲进夹皮沟的深山老林？他的“百鸡宴”是否真如传说中的那样神乎其神？让我紧随讲解员的脚步，去用心聆听英雄那鲜为人知的故事吧。

他是解救人民群众的战斗员，又是人民群众中的一个；他是鼓舞人民群众起来斗争的宣传员，又随时在受着人民群众的教育。他与人民群众的这种血肉联系，和对党的赤胆忠心结合在一起，就是他在敌人面前勇敢无畏的深厚根基。

当杨子荣的英雄形象早已高耸舞台、深入人心时，烈士生前所在部队以及牺牲地海林县对他的情况却毫无所知，因为杨子荣牺牲这么多年，他的籍贯在哪以及家中是否还有亲人，没有人知道。时代变迁，岁月流淌，“杨子荣”却一直活在大众心里，他的英雄色彩没有变。

提起杨子荣，大家都认为他是东北人。我曾问过几个朋友，大家异口同声地回答，杨子荣就是东北人。以前我也是这样认为的！来到烟台，才恍然大悟，原来杨子荣是烟台人啊！有多少人知道这位英雄真正的身世以及他与家人的那些个感人肺腑、发人深思的故事呢？我也非常好奇，急不可待地投入到这位传奇人物的故事里。其实，真实的杨子荣是一位留着络腮胡子的大叔，而且他的战斗经历比在文艺作品中更具传奇色彩。

原来他叫杨宗贵（1917 ～ 1947 年），宁海镇嵎岬河村人。幼年时家境贫寒，父亲染病亡故。为了生计，他十二岁起做过童工，母亲领着两个妹妹回山东老家，留他在安东继续谋生。四年后，他和老乡结伴到鸭绿江上当船工，顺水放排，逆水拉纤。后来，他被日军抓当劳工，流放深山采矿，过着牛马生活。他饱尝了人间的疾苦和被奴役的滋味，结识了不少患难与共的朋友。后来，他不忍东洋人的欺凌，带头打了为东洋人服务的工头，从东北跑回山东家乡。他回家以后，秘密加入民兵组织，积极参加抗日斗争。1945 年 8 月，他参加八路军解放牟平城的战斗。同年秋，二十九岁的杨子荣报名参加八路军，编入胶东海军支队。10 月下旬，胶东海军支队赴牡丹江地区剿匪，11 月，杨子荣加入中国共产党。部队改编后，杨子荣编在牡丹江军区二团三营七连一排一班。部队见他是个“年龄不轻，军龄不长”的老兵，便分配他到伙房当炊事员。他经常冒着敌人的炮火，把热饭送到前线，帮助抢救伤员，关键时刻还给排长、连长出主意、当参谋，得到了指战员的赞同和支持。

当时，牡丹江地区匪患严重。杨子荣所在部队担负着剿匪、保卫土改的重任。特派杨子荣等三十多人，化装成便衣，先行到达海林县。杨子荣进入有百余人枪的地主武装孙江司令部，敦促其放下武器，拒降者，就地缴械。1946 年 2 月 2 日，海林县解放。一次夜里行军，拂晓前在密林中跟绰号“姜左撇子”的惯匪遭遇。杨子荣巧逼姜的副官喊话，智擒“姜左撇子”及姜部百余人。1946 年 3 月 20 日早晨，三营在杏树沟追击李开江部，李匪据险顽抗，杨子荣与营长交换了作战意见，部队正面佯攻，进行火力侦察。杨子荣带领一班人迂回到敌人阵地侧后，他示意副班长和战士隐蔽好，独自一人跃出掩体，巍然挺立在敌群中，威逼四百余名敌人放下武器，迫使匪首李开江、张德振投降。杨子荣被评为团战斗模范。大股匪徒被歼灭后，小股残匪流窜于深山老林中。部队便组建武装侦察小分队（团侦察排）消灭残匪。小分队负责人由既熟悉当地情况，又有独立指挥作战能力的杨子荣担任。小分队组建后，首先生擒了所谓许家四虎（许福、许禄、许祯、许祥），消灭了九彪李发林、马希山等惯匪，其后杨子荣带领四名战士，化装成敌人，深入林海雪原，摸清敌情。1947 年 2 月 6 日晚，他只身打入虎穴，里应外合，活捉国民党保安旅长、牡丹江一带匪首“座山雕”。东北军区司令部给杨子荣记了三等功，授予他“特级侦察英雄”的光荣称号。杨子荣驰骋在东北的林海雪原，与土匪进行着出生入死的搏斗，在杏树底村，他侠肝义胆只身入虎穴劝降敌人；大智大勇生擒“座山雕”。1947 年 2 月 23 日，在剿灭土匪郑三炮的战斗中，由于天气太冷，枪栓结霜冻住，杨子荣被土匪枪弹击中光荣牺牲。杨子荣牺牲后，他所在部队无人知道他确切的家乡地址，加上他又改了名字，因此部队一直无法与其家人联系。由于战事紧张，加之侦察员工作的特殊性和隐蔽性，杨子荣连一封家书也没有写过。

当年迈的母亲和家中妻子再次得知他的音讯时，竟是被告知，有人在东北看见杨宗贵当了土匪。村干部对讹传信以为真，于是取消了杨宗贵家的军属待遇。杨宗贵的母亲宋学芝怎么也不相信儿子会当土匪，找村干部评理，到上级部门要求查访儿子杨宗贵的下落。

原来，当年村里组织参军，杨宗贵在没跟家里人商量的情况下义无反顾报了名。填写报名表时也没有用自己的名字，而是郑重地写下了幼时村中先生给起的字——子荣。从此，在军中，只有杨子荣，而没有杨宗贵。可谁知那日一别，竟成永诀。

1952 年秋天，杨子荣妻子许万亮走到了生命的尽头。在漫长无尽的等待中，这个柔弱的女人始终坚信自己的丈夫不会做土匪。她受尽屈辱，抑郁成疾，在漫长无尽的期盼中紧握着新婚时丈夫送她的那把木梳含泪死去。直到 1957 年，宋学芝收到一张“失踪军人通知书”，看到儿子的名字，她顿时痛哭流涕。一年后的冬天，宋学芝又收到一张“革命牺牲军人家属光荣纪念证”，她享受到了烈属的待遇，家庭的光荣牌又重新挂上了。可她不知道的是，当时全国凡查无实据叛变且下落不明的军人，家属都得到了同样的两张证书。杨宗贵的下落，依然是个谜。

1957 年，原牡丹江二团副政委曲波创作的长篇小说《林海雪原》一问世，立即引起了巨大的反响。后来，根据小说改编的电影和革命现代京剧《智取威虎山》相继完成，几乎在全国的每一个城镇和乡村上演、放映。作品中“穿林海跨雪原气冲霄汉”“共产党员时刻听从党召唤”“今日痛饮庆功酒”等唱段，是激情豪迈、脍炙人口的音乐经典；浑身是胆、打虎上山的杨子荣，则是一代人心目中的英雄。1966 年，杨子荣的母亲患了重病。弥留之际，她拉着大儿子杨宗福的手颤颤巍巍地说：“匣子（指收音机）里老说杨子荣杨子荣，是不是俺家宗贵啊？”参观到此我泪水成行，心痛不已。杨子荣舍小家为大家的大无畏精神何等令人钦佩啊！英雄的事迹感染着我也深深地打动着我。

如今国家倡导建造和谐社会，书写美好家园。那么，新时代需要英雄，需要脚踏实地为人民谋幸福的奉献精神，需要知难而进的勇敢和顽强，更需要有杨子荣那种“气冲霄汉”的壮志豪情。今日烟台，英雄的人物还在辈出，感人的故事还在继续。

我真心喜欢上了这个有故事、有激情且很温暖的地方。

就要离开烟台了，我恋恋不舍地回首张望，波澜壮阔的海域……感人至深的英雄故事……底蕴深厚的文化……让人流连忘返的美景……令人回味无穷的美味佳肴……质朴热情的烟台好人……一切都是那么美好！

2021 年 5 月

烟台好人

7月，由中国散文学会、烟台市委统战部和市散文学会联合举办的烟台统一战线历史、文化、人物、故事采风活动正式在烟台拉开帷幕。来自全国的二十余位作家在烟台地区深入基层，认真采访，多角度重温了烟台这座城市的丰富文化底蕴，感受了统一战线为这座城市增添的城市魅力。在胶东革命纪念馆里，感人的故事很多。在激情燃烧的革命战争年代，胶东党组织和革命志士始终高扬信仰旗帜，不怕牺牲，前仆后继。英雄的烟台人民一直在中国共产党的领导下，发扬胶东革命精神，锐意进取，奋勇争先，谱写了一曲曲绚丽篇章。特别是吴胜令老人的事迹深深地打动着我们……

吴胜令是栖霞县孙家洼村一位穷苦的母亲，1941年加入中国共产党。她将两个儿子、两个女婿都送去参加了八路军。1947年，听说部队回来了，她与村里的母亲们结伴去看望儿子，前来迎接的首长沉痛地告诉她，已是副营长的大儿郭守全牺牲了，二儿负伤，听到这个消息，吴胜令呆住了，眼泪在眼眶里打转。这位坚强的母亲来到了儿子的战友中间，忍住内心的悲伤，平静地说：“守全是我生的，是党把他将养成人的，他是为党和国家牺牲的，为咱老百姓牺牲的，他死得值！”老人遗憾地说：“他的任务还没有完成，还需要你们这些哥哥弟弟接着干，你们都不用哭，使劲练兵，多打胜仗，保卫咱的胜利果实！”回家的路上，她看上去依然是那么平静，进了家，她关上房门，便一下子瘫坐地上，再也忍受不住撕心裂肺的痛，放声大哭……听着老人的故事，泪水不由得溢满我的眼眶。

当天，我们市直采风小分队迅速地进入了主题。短短两天的参观，却给我留下了非常难忘的印象。中铁渤海轮渡码头，是连接华北至东北的海上铁路大通道，它的成功运营，创造了中国铁路跨海运输的新奇迹。中国台湾苗玉秀先生投资的台华食品实业有限公司，引进先进的生产线，是国内大型面粉厂之一。“台华”，饱含了一位老者毕生经历和他那颗拳拳的报国之心。这座由民建会员集资兴建的十七层烟台民建大厦，是由民建会员张金祖董事长亲自督建的，听张董介绍，他还陆续地建设着二期（已基本完成）、三期大楼。民建大厦的落成给会员企业提供了新的发展平台，激发了会员的创业热情，更是增加了党派凝聚力，扩大了民建对外的影响力，为当地经济发展作出了贡献。市直采风小分队参观过统战部旧址（张裕酒文化博物馆旁边）后，便在民主党派机关与各党派代表人物座谈。见到这位老人，是在烟台民主党派大楼的会议室内。老人给我留下的第一印象颇为深刻。中等身材，小平头，两只眼睛炯炯有神，他上身着鹅黄色绸缎印花上衣，下着中式蓝裤，极像一位习武之人，自带一身江湖豪气。经过会议主持人介绍后方知，他是中国民主同盟的成员，一位八十五岁的退休教师。他叫——陈泰田。提起这位老人，在他身上发生过许多感人的故事，而这些故事就要从烟台的关心民生、教育事业以及许多古建筑老街巷的拆迁保护和利用说起。老人声音洪亮，慷慨激昂，身上溢出的是满满的正能量。他如数家珍地给我们讲述着他的故事……按规定六十岁就应从政协委员岗位上退下，芝罘区委和政协一再挽留陈老师到六十九岁，还不舍得放走，绞尽脑汁想出了个“政协顾问”的名分，要他继续发挥余热。为保护历史文化街区和历史建筑，他只身奔走于市、区两级政府有关部门。为给领导提供可靠资料，他请专家对每一座历史建筑都进行了研究，写出一份又一份有理有据的长篇建议。烟台一中的历史风貌要不要保护？当年曾经发生过激烈争论，陈老师和许多老教师都坚决反对对一中校园进行商业开发，为此，他进行多年不懈的奋斗，才保住了一中的历史文化风貌。参加市水价、供暖听证会。1998 年烟台市举行水价听证会，物价局请陈泰田老师做代表，他对自来水的经营完全是门外汉，因此，会前他到新华书店抓住厚厚的一大本《自来水企业经营管理》，在书店研究了整整一周，做了半本笔记。保护烟台绿地建设市区绿化问题，陈泰田老师把自己的想法写成文字材料多次向政府有关部门提出建议。中央城市卫生检查团来烟台检查工作，他当面向检查团提出自己的意见。检查团王团长在最后向市政府反馈检查结果时指名表扬：“烟台市民素质高，如一中陈泰田老师提出的大卫生观点，批评城市建设中毁绿盖楼、破坏生态问题，很有道理。”其后，陈老师为市生态城市建设多次向市规划局和主管市长当面阐述自己的建议，无果，无奈之下，他于 1999 年 10 月只身乘飞机到北京反映自己的意见，得到中央媒体高度重视。中央电视台将要联合《科技日报》等中央媒体组成调查小组，来烟台进行调查。为不使事态扩大，领导立即派人将陈老师从北京接回。迫于中央媒体压力，副市长带领市直各大局和建委主要负责人，及芝罘区五大班子及建委、教委负责人共二十余人，在市政府第二会议室与陈老师对话。其本意想用大规模的领导干部一起出席来说服一个退休老教师。会上陈老师用充分的事实和国际国内的生态城市建设理念阐述了自己的观点，说到激动处，拍案而起，据理不让。结果，全体与会领导干部全被陈老师说服。陈老师也曾经写过长篇论述文章，对当时开发商已经通知要在第二设计院、区计生委及南大街花园、青少年宫等处盖几十层商住楼的问题，进行了批评。热心公益事业的陈老师作为一个教育工作者，时刻把教育放在心上，虽然年过古稀，仍精力充沛地活跃在讲坛上，开了许多课程，如：师德、孝道、家风。到学校、幼儿园、社区、企业，他没有架子，不讲条件，不取报酬，不管人多人少，都认真讲。他还治家有方，三个子女个个成才，他的家庭被评为市十大文明家庭。退休后的陈老师发挥余热，投身公益事业，现为烟台母亲教育中心首席顾问，被誉为“烟台母亲教育第一人”，每周坚持为母亲们义务提供咨询指导。作为一位退休教师，陈泰田对于母亲教育有着自己的理解。1999 年，陈泰田跟自己的好友徐耀国商讨，决定在烟台义务推广母亲教育，十年来吃过无数闭门羹。当时，母亲教育这个概念，说出来都没有人能听懂。“皇天不负有心人”，陈泰田说，在被拒绝了十多次后，他们终于在东南哨村的一家幼儿园受到了欢迎。2006 年 1 月，烟台工人子弟小学成立母亲教育基地，成为烟台市区第一个把母亲教育纳入基础教育的公办学校。后来，母亲教育中心陆续在幼儿园、小学、企业、社区等成立了“母亲教育培训基地”。在福山路社区，陈老师是远近有名的好邻居，“无论大事小事，与陈泰田住同一栋楼的居民都愿请陈老爷子帮忙”。由于他经常助人为乐，被烟台市政府授予“百名文明市民奖”，被市教育部门授予“关心下一代”先进奖章。其实陈泰田并没有觉得自己多么了不起，他依然低调做人，低调处事。烟台好人哪！采风活动虽然结束了，但像吴胜令老人这样坚持信仰、舍小家顾大家的一幕幕感人事迹，像陈泰田老师坚持真理、一心为民、实事求是的工作作风，都像影片一样不断浮现在我的眼前……今日，烟台的繁荣发展与你们的付出是分不开的呀！

再续秦腔缘

在北京工作生活的日子越来越久，我与秦腔的缘分也越来越深。北京没有专业的秦腔演出团队，但北京并不缺秦腔的声音。在北京工作的大西北人，已自建秦腔自乐班近几十年，激越的秦声遍布在首都的各个角落，他们唱得动情、吼得给力。

但凡秦腔来京城演出，大家就像过节一样蜂拥而至，为秦腔加油，为家乡助力。每当看到剧场人潮涌动，观剧时掌声雷鸣，作为一名秦腔人，我由衷地感到满足与自豪。

有秦人的地方就一定有秦腔。

2013年，我和几个朋友发起成立了一个新剧社——“北京春晖剧社”，这里面聚了不少“能工巧匠”，有企业老总、部队军官、国家公务员，也有来京帮子女看孩子的退休人员。大家都爱秦腔都懂秦腔，特别痴迷于秦腔。

春晖剧社的成就和影响力在北京众多秦腔团队里也是出类拔萃，乐队演奏相对专业，票友嗓音条件不错，演唱水平也是不低，生旦净末丑行当也很整齐。

京城的中国剧院、繁星剧场、梦剧场、梅兰芳大剧院等留下过我们春晖剧社的足迹……

为了纪念习仲勋同志诞辰一百周年，剧社赶排了大型秦腔传统戏《火焰驹》，剧社同仁每日从北京四面八方赶到离城几十里路之外的双桥，齐聚在热爱秦腔的企业家郭陇军提供的简易厂房里。正值酷暑，烈日炎炎，大家热情高涨从不言弃，一丝不苟地认真排戏。四十天后，这出除我之外全是票友排演的秦腔《火焰驹》还真的登上了连专业院团都十分羡慕的梅兰芳大剧院的舞台，而且演出当晚一票难求。大家齐心协力，严谨认真。观众看得过瘾，热烈的掌声响彻整个剧场……谢幕了，热情的观众把我们簇拥在台上献花拍照。那晚，我心潮澎湃，激动得一夜未眠。后来，我们这台《火焰驹》相继接到宁夏艺术节和陕西艺术节邀请，在宁陕两省的舞台上相继绽放……难忘回到家乡、走入易俗社演出的那个夜晚，我的亲人、朋友、昔日艺校的同学纷纷赶来给我捧场。那是我时隔数年，再次登上家乡的舞台，

朱佩君在西安易俗社剧场演出《火焰驹》

而且还是在百年剧社——易俗社唱响我最爱的秦腔，是多么激动人心、令人难忘的事啊！《火焰驹》的每场演出都有阵阵喝彩和长时间的掌声，每次结束，观众都久久不愿离去，许多人还拥上舞台给我们献花、与我们合影，那一刻，我的心沸腾了！我演绎了秦腔，秦腔感动了我。

一花独放不是春，百花齐放春满园。

继春晖剧社创立后，非常热爱秦腔的国企老总张王栓又成立了一个以春晖剧社乐队成员为主，又有北京几个退休音乐人加盟的“北京京韵秦乐乐队”。经过张总几番协调和争取，乐队地址设在了城南先农坛体育馆的一间平房里。可千万不敢小瞧我们的乐队哦，我们也和专业团体一样要拥有二十多个不同乐器呢。在北京的秦腔音乐演奏和唱段伴奏上，那可真算是规模最大、水准最高的。板胡有来自家乡的退休干部关主席和部队的大校许小林，关主席经验丰富，许大校谦虚认真，俩人各有千秋，板胡二胡都能信手拈来，排练时二人互换学习。许大校是一个有情怀的人，而且非常仗义也非常慷慨，对乐队的年轻人也是非常关爱。但凡有重要活动，他都会跑前忙后，出钱出力。二胡是张总的最爱，为此，他付出了很多心血和努力。他还是多面手，他与王西琴大姐合唱的眉户戏《屠夫状元》也很精彩。美女丽娜的加盟令乐队更添亮丽；她将年轻人的活力和热情融入到这个团队里。鼓师南冠军是私企老板，十多年来从未间断地参与秦腔的活动，还自觉地承担起接演员、拉乐器等任务。打击乐的下手都是唱将来代替。

京城不少戏迷慕名想去乐队唱戏，甚至把能到“京韵秦乐”唱一次戏认为是很高兴的事。这样的团队自然少不了我，我和几位姐妹为乐队导唱，不仅我受过专业训练，还有两位美女也都是获得过陕西省电视台《秦之声》栏目月度冠军的，她们个个都能先声夺人。英子姐来自家乡陕西，她的反串须生戏《打镇台》激情饱满、铿锵有力。新辉是一个憨厚热情的小伙子，他北漂多年，是秦腔的声音一直伴随他不断前行，不断地打拼，如今拥有了一个卖香烟和日用品的小门店。他唱得非常老到，一板一眼韵味十足。他还是一个热情的秦腔推广者，每次演唱他都会认真录视频传到网上，让更多的人知道北京还有这么多人热爱秦腔。七十多岁的晁大姐是个热情洋溢的老秦腔迷，除了家事，她把所有的精力都投入到秦腔上面去了，偌大年纪，不辞辛劳，常常穿梭于京城的几个剧社之间。演唱时认真的样子让人动容……在张总的热情感召下，许多地道的北京人也加入了我们的团队。

我们的乐队真是藏龙卧虎哇。乐队的北京老师每人都还有自己所属的民乐团队，多年来参加了各种不同形式的演出，也获得了许多民乐大赛的奖项。有的老师还在人民大会堂登台表演过呢。弹奏琵琶的赵老师还是个北京琴书演员，他的老师王树才是北京琴书泰斗关学曾老先生的关门弟子、北京市非物质文化传承人，赵老师的北京琴书是我们乐队的最大特点，每次演出我们都请赵老师放下琵琶“露一手”。

我对乐队老师打心里佩服，他们有种说不出的精神能让人受到激励。乐队里四分之三都是六十岁以上的老人。三弦刘老师已有七十五岁高龄，每次排练都要从五十公里外换乘三四趟公交地铁，耽误一顿午饭才能按时赶到。贝斯陈老师不记路，干脆把跟他同小区住的乐团老同事中软老师拉进了京韵秦乐乐队，方便了他，还给乐队助了力。秦腔是梆子腔的鼻祖，乐队的北京老师也都很爱秦腔，尤其爱秦腔的苦音，觉得秦腔很提气、很抒怀。北京老师演奏能力强，把握音乐内涵准。唯一遗憾的就是稍稍缺点秦味，因此乐队起名“京韵秦乐”倒也恰如其分。

乐队每个周末都不间断学习演奏秦腔音乐和秦腔戏曲唱段，为了提高演奏水平，还特意聘请西安易俗社板胡大师卢东升和西安三意社著名琴师陈百甫两位老师来北京做专业指导，起点之高也是京城独一无二的。

张总对秦腔的喜爱和传承精神不只是体现在花钱购买乐器和聘请专业老师上。自费组织各种活动磨炼默契度，重大节假日请大家吃饭交流感情。但凡陕西的著名秦腔演员来京，他都想方设法地把他们邀请过来给大家指导。每次名家肯定过后必然少不了指出缺点，他就像小学生一样尊敬地看着老师，虚心地听取意见。我想，他的这种毕恭毕敬是对秦腔的敬畏，是被秦腔的魅力折服啊！

京韵秦乐是一个温暖祥和的大家庭，在这里，大家收获了友情，也能美美地过一过戏瘾。如今，这个由张总发起成立的京韵秦乐乐队已经跨进第七个年头了，要不是疫情影响，这两年乐队一定还有新成绩。

要说我能再续秦腔缘，还得讲讲去年初秋那个故事。

在收获季到来的时候，北京的疫情总算基本控制住了。被紧张的疫情压抑的人们终于看到了希望，犹如放出笼子的小鸟儿欢快地飞向窗外的世界。

久违了的秦腔友人更是欢呼雀跃，重聚在我位于昌平区沙河镇的缘泉农庄。那日天空洁净如洗，空气十分清新，小庄里绿树成荫，花开遍地，蝶飞蜂舞，芳香扑鼻……在我开满鲜花的庭院里，秦腔的旋律欢快地奏响……这声音是发自肺腑的呐喊，是压抑了很久的宣泄，大秦之腔吼得酣畅淋漓。

曾丽君、朱佩君迫不及待地以《表花》拉开了久违的大秦之声的开场。晁姐姐七十有余，一出《三回头》唱得委婉动听，让人牵断柔肠。要说呀，我实在太佩服这位老大姐了，除了家事，她把所有的精力都投入到秦腔上面去了，常常穿梭于京城的几个剧社之间。自己出钱出力出场地，偌大年纪，不辞辛劳，演唱时其认真态度真的让人动容。我常常想，专业团体的同仁们，如果有这种精神，秦腔得多厉害啊！要说最过瘾的当数曾姐姐的《盼子》，曾姐姐一段《盼子》是得秦腔名角康亚婵妹妹亲授，从唱腔到表演展现得都非常出彩，唱腔韵味十足，表演张弛有度，唱出了暮年失子的悲痛之情，把在场的人们带进了剧情之中，陪她掉泪。了不起啊！几经认真打磨，她已把人物刻画得非常到位，唱腔音韵拿捏得特别好，如果是在专业院团也定是个好把式。新辉的《二堂舍子》惹得雷开元老师在网上大加赞赏、千里赴京的深圳方阵悉数登场。张娟大姐一段《三滴血》中的周天佑，又穿越到现代的洪湖旁。张娟姐台风严谨，入戏亮相《洪湖赤卫队》里的韩英首唱一段“牢房”：“秋风吹月儿高湖水浩荡……”你方唱罢我登场，争先恐后当仁不让。戏，先是《表花》《砍门槛》两段，字正腔圆，缠绵悱恻。加上优美的音乐，一大唱段一气呵成，自然流畅。我最后唱了一段《三娘教子》，二十多年了，这也算是头一回完整地演唱了这段非常煽情的经典唱段，我全情投入潸然泪下，完全置身剧情之中。实在是太过瘾了！中国现代文学馆副馆长、中国散文学会名誉会长、著名作家周明老师激动地说道：“今天总算过年了！由于疫情，所有活动终止……今天，我们收获了欢乐、欣赏了浓浓的乡音，心情无比激动！谢谢各位的倾情演唱。今天是我今年以来最开心的一天！”六个多小时的秦腔演唱给沉寂很久的农庄带来了勃勃生气。

“不忘初心、方得始终。”在纪念建党一百周年之际，我们北京的秦腔人踊跃地投入到各种方式的纪念活动中去，崇德堂的舞台上、左家庄街道的广场上、陶然亭街道的会议室里都有秦腔激越的声音响起……

北京的秦腔，无论谁唱，唱的都是相同的腔调；古老的秦腔，不论唱谁，唱的都是一样的情怀。总的来讲，我还是喜欢老腔老调，合辙押韵，听得也过瘾。我也喜欢听戏的人，老乡老友，看着亲切。爱戏的人，我都视为知音，愿与他们一起聊戏、学戏、听戏、唱戏。戏痴老佩割舍不了的乡情戏愁啊，道不尽的秦腔情缘！祈祷新冠疫情阴霾早日散去，你我安好，秦腔不老！

拜年

听到新年的钟声响起，我的眼泪禁不住地掉了下来。好思念家乡，好想回到父母身边和家人们一起迎新年啊！虽然疫情阻挡了我的脚步，却阻挡不了我对家乡的眷恋。浓浓的乡情、满满的回忆总是那么美、那么甜……

小时候虽说吃住差点儿，但是精神世界非常富足，无忧无虑期盼过年的样子，至今想起来都满溢着幸福和快乐。那时候过年，小孩总为穿一身新衣服而乐此不疲，大年三十晚上就穿戴整齐、心情激动地躺在被窝里盼天亮，盼啊，盼啊，天刚蒙蒙亮就赶快跑出去在小伙伴们面前显摆、炫耀自己的花衣服，再一起欢乐地玩耍，一起放鞭炮迎新春。如今，国家富强了，人民富裕了，大家都吃穿不愁，日子天天像过年。同时也少了很多传统习俗，反显得年味儿越来越淡了。可是，我们家族的拜年却与众不同，总能给人留下美好的记忆。

按照惯例，正月初三是要给舅舅家拜年的。去年亦如此，舅舅的小院里摆了四五桌酒席，在爸爸、妈妈、小姨和舅舅舅妈五位长辈的率领下，表姊妹们三四十号人欢聚一堂。饭饱酒足之后，我的“开心果”大姐似乎有些按捺不住想要唱一段，只见她摩拳擦掌不停地召集大家：“吃得差不多，咱们是不是可以开唱了？”此话一出，大家立即响应，就这样，一场别开生面的文艺演出在瞬间拉开了帷幕。

你瞧，曾为陕西电视台记者的表弟一马当先，凭借多年媒体人的经验，随即起身宣布：“我们秦腔大家族迎春文艺演出现在开始。本台晚会特聘从业六十年的著名秦腔导演、编剧姨夫朱老先生为专业评委，特聘从事教育事业四十余年的二姐夫丁老先生、陕西著名秦腔票友丽娜表姐的老公董先生、开心果姐夫吴先生为本台晚会的嘉宾评委。老舅为晚会总监，著名媒体人——本人担任主持。”

晚会在一片热烈的掌声中就这样开始啦……

“诸位英雄请啊，哈哈哈哈哈……”只见老妈精神抖擞站立中央，一段拿手的《英雄会》欢乐开场。嗓音洪亮底气十足的唱腔先赢得一个满堂彩。虽然年逾七旬，但宝刀未老，字正腔圆。叫好那是必须的。还没等老妈唱完，舅舅家二女婿、土生土长的榆林表妹夫启鹏已迫不及待排在老妈身后，他以特有的民间艺人方式开场：“有钱的捧个钱场，没钱的捧个人场，走过、路过，不要错过……”逗得大家哈哈大笑，一曲原生态陕北民歌：“羊肚子手巾三道道蓝，见面面容易拉话话难……”那一句句地地道道纯正的陕北民歌一下子把所有人的记忆拉到了黄土高坡的山山峁峁、沟沟坎坎。嘿！真是高手在民间啊！近二十年了，今天才让大家一睹他的风采。

热闹的现场气氛哪能少了我这个痴迷的秦腔人，我赶紧声情并茂地献唱了一段《三滴血》中李晚春的唱段：“兄弟窗前把书念……”快看，我身后登场的可是秦腔名票友——大舅家的丽娜表姐，本以为她要演出她的获奖作品《砍门槛》，谁想到她出其不意地来了一个跨界献唱电视剧《红高粱》里面的主题曲《九儿》，哎哟喂！听这嗓音，这是要挑战韩红吗？那余音、那表情还有那场景至今还时常回响耳边，出现在眼前。

现场惊喜不断，高潮迭起。一个在亲友团中人气爆棚的角儿要登场啦！老朱家的大小姐佩红女士上场啦，其实她早就按捺不住了，别看她平时嘻嘻哈哈，但对本次表演却特别地认真，提前准备好唱词和伴奏，脍炙人口、耳熟能详的经典秦腔名段“祖籍陕西韩城县，杏花村中有家园……”唱得有板有眼，比较圆满。评委老爸客观公正地作了点评，鼓励的同时也给了一些中肯意见，最后竟然亮出了令人无法置信的 9.8 的高分！这……这……这有点不公正吧？大家的强烈抗议，让老爸有些疑惑：“为什么呀？我打的是 7.7 分不高啊！”原来是因为现场气氛太热烈，老头有点蒙了，所以临时出错，幸亏及时改正了。

“该我了！”“该我了！”大家争先恐后，高涨的气氛让主持人都有点不好把控啦！掌声此起彼伏，你方唱罢我登场。“让我唱，我也要唱一首！”这时，从未在大家面前唱过歌的大姨妈家四表姐踊跃地站了出来，她双手插在口袋里，一脸严肃地目视前方，唱了一首毛泽东诗词“风雨送春归，飞雪迎春到……”。太过认真的表演把大家逗得前俯后仰，可她丝毫不受影响，完全投入其中地说唱完（大家笑谈）整首歌。就这样，众亲人都跃跃欲试，当仁不让。哎哟喂，你瞧，太稀罕了，长相英俊、忠厚老实、少言寡语的大舅家大表哥竟然也自告奋勇地献上了一段《三滴血》里周仁瑞的“路遇”，音质洪亮、苍劲悲壮，唱腔特点突出，美中不足的是节奏上有点小瑕疵，继续努力！说时迟那时快，二表哥冲到表演区，一曲改良版的陕北民歌《兰花花》，着实给亲戚们带来了惊喜，真是深藏不露啊！在大家热烈的掌声中，七十多岁的小姨神采奕奕地登场了，一曲《北风吹》又将联欢会推上了小高潮……紧接着，曾经当过专业演员的小舅家的二丫头艳君献上了经典名段《西湖山水还依旧》，嗓子清脆明亮，唱腔委婉动听，听着很是有味道，不由得让人拍手称赞！瞧瞧，小舅的小丫头倩倩，家族里最小的表妹也参与其中了，换个口味，转个频道，一首刘若英的《后来》唱得令人耳目一新。两个小外甥也早已激情四射，争先登场……独唱、对唱、大合唱，真是想唱就唱，唱得响亮！歌声响彻了半个城村的上空，笑声点亮了无限的美好。就在大家你争我抢登台展示时，联欢会最出人意料的环节出现了，联欢会总监舅舅发话啦！他说："我给大家来一段《金沙滩》！"神哪！从来都没见过舅舅唱戏呀，他竟然也亲自上阵了！只见他貌似很专业地清了清嗓子，很投入地吼上了一段《金沙滩》。哇！舅舅给力！评委说："虽然说唱得一般，但态度认真、积极踊跃，给个鼓励奖！"

老爸激动地说："今年过了一个很幸福、很温馨、很感动、很热闹、很难忘的春节。什么叫幸福？我想这就是幸福吧！知足啦！"

嘉宾评委、在教育界辛勤耕耘一生的丁老先生说："现在倡导文化传承，什么是文化传承？我觉得今天的演出就是一场很朴实、很接地气又能很好联络亲情的文化传承联欢会。"

由于演出和朋友圈播送同步进行，欢乐的场面引得村里的邻居们竞相围观，因场地、时间等关系，大姐夫很无奈地站起身，双手抱拳向大家说道："由于今年联欢会开场仓促，准备不足，为了把更美好、更精彩的一幕留给来年，我提议：大家一起合唱一首《难忘今宵》，期待明年的节目更精彩。"

就这样，原本是一次再普通不过的拜年，因一个突然的提议使普普通通的拜年拜出了每个人发自心底的喜悦、拜出了我们不曾发现的精彩、拜出了一个远在西北文化大县的家族热闹的春晚、祥和的春晚。

童年趣事

人的年纪大了，对家乡的眷恋越来越浓了。总爱忆旧，睡梦里也常常出现时光隧道让我穿越回到那个年代……

我出生在二十世纪六十年代末，那是“文革”风暴初起的动乱年代。成分不好的爸爸被发配到陕西最边远的武功县城剧团去工作。那时候妈妈刚怀上我，依旧留在老家的县剧团，于是爸妈便过上了牛郎织女两地分居的生活。

一心想着传宗接代的老爸，总盼望着在我姐之后，妈能给朱家生个男娃顶门立户。生我那天的场景，长辈们至今说起都忍俊不禁。那天雪下得很大，是二姨妈推着架子车深一脚浅一脚，踩着冰冻泥泞的雪地把快要临产的妈妈送到了县医院。爸爸从偏远的山区顶风冒雪，风尘仆仆地赶回来，迎接他盼望已久的“宝贝儿子”。然而，当抱到他眼前的又是个女娃，顿时让他大失所望，一气之下竟然把几个月攒下的一筐鸡蛋摔在地上，郁闷地转身而去……小姨无奈地称此事件为“打蛋”。两年后，妈妈生下了弟弟，父亲终于如愿以偿。

爸妈都是秦腔演员，因为常年下乡生活，工作流动性很大，实在没有时间照顾我们姐弟三人，只好把我和姐姐相继送到乡下的舅舅家请外公外婆看护，弟弟则托付给县城的一户人家帮忙照看。外公外婆年岁大了，加上还有舅舅一大家子的事情需要帮衬，幼年的我几乎是在散养中长大。

舅舅家所在的村庄叫半个城，位于县城的西边，离县城有十多里路。整个村子被大片的枣树林、百年的老槐树、古朴的窑洞、清澈见底的小溪和崖畔野生的花草环抱着，自然景观美丽独特。村子与河对面的泾阳县各占着河的一面，因此就叫半个城。

姐姐小时候长得非常漂亮，又是家里的第一胎。听大人讲，还是婴儿时的姐姐在窑洞的炕上熟睡，醒来被抱起竟发现背下压死了一只蝎子。民间有传说蝎子都不蜇的孩子必是大孝，因此亲戚们都很喜欢她，尤其是外公更是对她宠爱有加。

幼年的我，长得不可爱还爱哭鼻子，又淘气，脏兮兮，整日不着家像个野孩子。所以特招人烦！“三天不打，你上房揭瓦”是儿时常常响于耳际的家长语。

那时候，只有外婆心疼我，时常会偷偷给我点好吃的。我常常会忆起外婆，她老人家坐在院外的石头上，用一把木梳给我梳理一头又厚又脏的棕发，边梳边说：“娃呀，你要争气哩，要好好学哩，古人都头悬梁锥刺骨地上进哩，你看你都逛慌成啥了！你要知道，书中自有黄金屋，书中自有颜如玉。早知书内有黄金，高点明灯下苦心。”外婆总是苦口婆心地教养我，指望我会成器！当我被欺负的时候，唯有她老人家会为我遮风挡雨。

儿时的记忆，在我脑海里总是那么清晰。记得那是 1975 年吧，七岁的我已经能和大人们一起给生产队拾棉花，我将拾了一天的几垄子棉花交到了队里，挣到了人生的第一桶金——五角钱。意外的收获啊！我爱不释手地拿着五角钱。为了安全起见，最后还是交给了我最信任的外婆保管。外婆慈祥地对我说："这是我娃凭劳动挣下的钱，婆一定给你搁好！我娃放心啊！"说罢，便从口袋里拿出一个发旧的格子手帕，将五角钱包在里面，揣进贴身的棉衣口袋里，还用别针别在了上面。

夜里，睡在炕脚头的我激动得就是睡不着，摸黑爬到外婆耳边说："婆，让我再看一下那张钱。"外婆翻身用洋火点亮了炕边木箱上的煤油灯，从棉衣内兜拿出了那个格子手帕，把五角钱塞到我手里说："我娃看一下就快些睡啊，放心！婆给我娃抬（陕西方言，存放）着哩，飞不了。"我在煤油灯微弱的柔光下捧着这崭新的五角钱心里美滋滋！那是一个难忘的夜晚，幸福的夜晚。那个夜晚，我反复让外婆点燃煤油灯把那五角钱拿给我看，生怕它飞了！是啊！那可是我第一次用辛勤劳动换来的报酬啊！我太珍惜它了。

因为我来自县城，妈妈又是名演员，村里的孩子就多了些对我的羡慕，没多久我就成了村里淘气的孩子王。骑驴、摸树猴、耍尿泥、滚铁环等男孩子玩的项目我都参与并成为主力，整日里灰头土脸，一点看不出女孩的样儿。有一次和小伙伴们一起去偷河那边的西红柿，顽皮的我将旧花布短衫掖进破短裤里，悄悄猫在柿子架下，将偷来的西红柿一个个地从领口处放进去，一会儿身上便装得鼓鼓囊囊的。不料看园子的老爷爷发现了我们这群淘气的家伙，突然放出大黄狗来追咬我们。我急忙蹚过小河，拼命地往回跑，双脚扎满刺荆，四肢酸软无力，狼狈地绊倒在了泉水沟里。腰肚间满满的西红柿顷刻间变成了"柿子酱"，酱汁溅得我满脸满身像刷了红漆一样，那小模样简直滑稽极了！

我喜欢舅舅家的小院。东边是外公居住的土窑洞，正北是一个一进的四合院，老屋的门道两边各有一长板凳，夏日里，我常常在这板凳上小憩。小手轻轻地摇动着一把蒲扇，眯上眼睛，听着院中大皂角树上传来的“知了，知了”的蝉鸣声。门道间偶尔一缕清风拂面，是那么凉爽，那般惬意……

随着年龄的增长，我渐渐地可以替舅舅分担点小杂活了，大姨家的窑洞顶上成了我给舅舅家晒麦子的地方。我坐在窑背上的一棵大枣树下，一手抱着小舅舅家几个月大的二女儿燕君，一手挥着长杆赶着偷吃粮食的麻雀。麦场的另一端放置了一个用小木棒撑起敞口的大筛子，筛子下放了一些揉碎了的棒子面馍，专门用来网罗麻雀。

当时，大姨妈的家里住着三个北京的知青，其中有一个美丽的姐姐叫小磊，她常常会给我讲一些外面的故事，给我讲到了北京。那时候，我就知道我生活的半个城和曾经照看过我的塬上姨妈那北社村等亲戚家，认为国家最大的地方就是三原县城，怎么还会有别的地方？小磊姐姐不厌其烦地给我讲述北京的故事，说那是国家的首都，那里有伟大的毛爷爷。

她还给我讲了好多北京的新鲜事儿呢！让我感到最可笑的是姐姐说北京那儿游泳要穿游泳衣。她还讲到了幼儿园，高鼻子蓝眼睛的外国人到幼儿园去看望他们，和他们一起跳舞……当天晚上我做了一个梦，梦到我穿上游泳衣，梦中的游泳衣和现在宇航员穿的服装一模一样，好生神奇！还有好多高鼻子蓝眼睛的外国人来到了我们村一起欢歌曼舞，好玩极了！

八岁的时候，“文革”结束了。父亲从遥远的山区县调回到家乡三原县城。于是，我和姐姐也都被相继接回到县城上学。外婆也被请进县城来继续照顾我们。

刚进城时的窘态，至今想起来都觉得特别搞笑。那是初秋，爱干净的妈妈看到眼前头发乱蓬蓬、衣服脏兮兮、流着鼻涕泡的我，感到实在很糟心，于是，便在剧团排练场外公用自来水池子里接满了水，把我泡了进去，这一泡便是一个下午。妈妈试图用毛巾搓掉我身上的垢痂，可是积累太厚，实实搓它不下！妈妈便急中生智，取来尼龙刷子，愣是把我给刷干净了，刷洗成一个全身红扑扑的孩子。妈妈刷娃的事情，成了当时剧团里茶余饭后的笑谈，至今说起这事妈妈都感觉自己好笑。

姐姐比我高一年级，学习好，又是班长，还是学校的宣传队主力，经常参加一些业余演出，同学们都很羡慕她。

可我呢，天生就不是块学习的料，却对唱戏特别入迷。课本知识一点学不进去，但当时团里演的几本大戏，男女老少的唱腔台词我都记得滚瓜烂熟，一字不忘。每逢考试，定是零分。所以剧团的人们送我一外号“零蛋娃”。

每当我看见西瓜，就会想起一件既搞笑又心酸的故事。那年，家里好容易添了一把新铝壶。这天，老爸便喊我姐俩去杨家院门口的公用水管去接水。一出院门，马路对面的西瓜摊就把我们姐俩的馋虫勾起来了。五分钱半牙熟透的红沙瓤瓜，二分钱可得月牙儿似的一块半生瓜。好面子的姐姐决定把这买瓜的任务交给我。嫽扎咧！我欣喜地从姐姐手中接过两分钱，大步流星地向瓜摊跑去。西瓜买好，等姐分配。姐说：“我先吃，剩下的给你。”说罢，她便手捧西瓜大吃起来，我渴望的眼神望着姐姐说“该我啦，该我啦”，眼瞅着月牙儿似的西瓜已快被姐吃完。我这一急上手便抢，随着这半牙瓜落地，我和姐的战争开始了。打架成绩不分先后，倒是可怜了老爸这刚买的铝壶喽，因为被当作武器，被我们摔得面目全非，嘴也凹进去了。至今提起，我们都忍俊不禁！

那年夏日，老爸正在给学生练功，偏又得到了我又得“零蛋”的消息。爱面子的爸爸嫌我太不争气，拿起手中的木棍向我挥来，我转身便跑，老爸边喊边追……哈哈，幸得我在农村练下了爬树的本领，身轻如燕，嗖嗖地便爬到了院中的一棵大石榴树上。老爸站在树下怒气冲冲地用棍指着我命我下来，我站在树杈上挥舞着双手高声唱“打不死的吴琼花，我还活在人间”，引来剧团好多人围观，当时的情景真真气得老爸哭笑不得。你说淘气不淘气?

要说印象深刻的事，中山街小学文艺宣传队在县剧院里面演的那场《长征组歌》也算是一件吧。作为宣传队队长，姐姐是领唱，那场演出没有我这零蛋娃什么事，只有跟着全家前去观看的份了。舞台上的姐穿着军装，戴着军帽，画着红红的小脸蛋儿，简直神气极了。台下传来一阵又一阵雷鸣般的掌声，我又是羡慕，又是嫉妒，刹那间，一股莫名的自卑和委屈涌上心头，眼泪不由得哗哗直流。坐在旁边的老爸似乎看出了我的心事，慈爱地摸了摸我的头，把可怜的我搂在怀里。平时那么严厉的爸爸，这一举动真使我受宠若惊，让我深深感受到了父爱的温暖，心中委屈顿觉消除了大半。回家路上，外婆语重心长地对我说:“别看你爸平日里总是骂你打你，他是恨铁不成钢。其实心里还是最疼你的。娃呀，你也好好争个气吧。”

外婆的话，至今印在我脑海里……

1979 年的那个夏季让我永远难忘呢！它是我人生的转折点，我的命运由此改变了。

那天，我照常去上学。远远望去，校园大门口的墙壁前有好多人在围观。我非常好奇，急忙挤了进去。仔细一看，墙壁上张贴了好几张招生简章。原来是陕西省戏曲学校（后改名为陕西省艺术学校）要在县里招收演员。天哪！这对我来说可真是天大的好消息啊！这是我的梦想，我一定要去参加这次考试。从那一刻起，我的脑海里全部都是戏词、唱腔，带着遐想进入了数学课堂。我的脑海里浮想联翩，我仿佛站在了舞台上，我一会儿韩英、江姐，一会儿又穿越到古代演白云仙、许翠莲……嘴里竟不由自主地唱出声来……老师非常生气，命我回答他提出的问题。“《柜中缘》。”我脱口而出的戏名搞得全班同学哄堂大笑。

由于演员工作流动大，常使孩子们都处于散养状态，所以父母坚决不想让我们姊妹踏入这一行。当他们得知我想去报名考省艺校时，提出了强烈的反对意见，竟然把我反锁在了屋里以防万一。情急之下，我破窗而出，不顾他们的情绪独自朝希望奔去……

望着考官审视的目光，我心里还真的有点发怵。考官说“别紧张，先唱一段听听”。我清了清嗓子，有模有样地唱了一段《柜中缘》，老师们相互交流点头，露出会心的笑脸。“会不会一点身段？”“会一点。”我赶紧表演了一段旦角技巧“八角手帕”，还即兴表演了现场指定小品《寻针》。生动的表演博得了考官老师的掌声。主考官盛凯老师说：“这娃天赋非常好，是个演戏的好苗子。”不几日，我又参加了陕西省戏曲研究院训练班的招生考试。这次发挥得更加自如了。

老天眷顾，经过几轮的复试，我终于收到了文化课考试的通知和复习大纲。简直开心极了！紧张的文化课补习开始了！

说来也怪，那时的我突然变得很有悟性，一学就通。连平日里最头疼的数学里的每一个小数点都被我背得滚瓜烂熟，考试成绩竟然名列前茅。

等待通知的日子是最难熬的……

外婆说：“初八、十八不算八，二十八是个福疙瘩。我娃生在二月二十八，福大、命大、造化大，一定能考上。”

果然应了外婆的吉言，8 月中，我便相继收到了陕西戏曲学校和陕西省戏曲研究院的两份录取通知书。消息很快传开了，来家道喜的亲戚朋友络绎不绝。老天太眷顾我了！这么快帮我实现了我的梦想，助我走进了向往已久的艺校殿堂。

从此，流光溢彩的舞台，高亢激昂、优美动听的秦腔艺术成为我一生的追求和最爱！花团锦簇的舞台，优美的音乐伴奏声渐渐地伴随我成长……

青涩年华的艺校时光

一直以来我有个愿望，想回到原单位陕西省戏曲研究院看几场秦腔戏。由于工作忙碌和家事太多始终未能成行。

2021 年春节前夕，受闺蜜青艳之邀约，我终于实现了多年来的愿望，回到了阔别已久的原单位——位于文艺路 13 号的陕西省戏曲研究院。走到大门口的那一刻，我激动的心情真是无以言表。环绕过这承载着我青春芳华许多难忘记忆的角角落落，眼观着如今焕然一新的艺术殿堂，我的心五味杂陈，感慨万千！

这是我生活工作了二十多年的地方，这是给予我许多荣誉又让我饱受过许多辛酸的地方；蓦然回首，往事依稀涌上心头……

1980 年 10 月 1 日，十二岁的我告别了家乡，带着喜悦的心情，怀揣梦想，步入了梦想已久的艺术摇篮——陕西省戏曲学校（后改名为陕西省艺术学校）。当时的校址位于文艺路 13 号（原火线文工团内）。那个年代，学校两扇斑驳的铁栅栏大门面冲西开，大门正对面是写有“为人民服务”的老旧排演场，进门右手边也就是南向的四层小楼便是集教室、学生宿舍及教师住房于一体的综合大楼，与文艺路11号的陕西省戏曲研究院仅是一墙之隔。当时，学校的师资队伍还是相当不错的。老师里最有名气的当数著名秦腔表演艺术家、被誉为“火中凤凰”的马蓝鱼老师了，那个《游西湖》里的李慧娘啊，真是演绝了！当然也有享誉西北的名须生刘恒天老师，《劈门卖画》是老师的拿手好戏。英俊武生冯改民老师的《黄鹤楼》那是非常了得，英俊威武的活周瑜啊！小生岳天民老师《游西湖》里面的裴瑞卿梢子功夫堪称一绝。还有许多从各地调进来的优秀演员，强大的阵容组成一流的教师团队。那时候，也正是老师们在舞台上绽放异彩的年龄，常常会有一些排练和演出。这样一来，仅有的一个练功场地就非常紧张。因为排练场常常会用在一些重要的训练和剧目上，所以我们只能在院子的水泥地上专业课，跑圆场、练碎步、踢腿……每每提起，我眼前还会浮现出我们一群小学员双手叉腰在夏天的烈日下或冬日的飞雪中围成一圈跑圆场的情景：老师站立圈中，喊着：“挺胸，收腹，抬头，向前看……”“双手并齐，手指朝上，眼看拇指……”那些熟悉的声音至今还萦绕在我耳边。

值得炫耀的是，我们80级学员是“文革”后的第一批拥有中专文凭的戏曲幸运儿哦，全省统一招生，总共有一百二十多个学生被录取，据说是万里挑一啊。那时候，我们可是享受着国家体育运动员一样的伙食待遇噢，一个月有三十五斤粮票呢，还有布票等国家补贴，还享受着公费医疗。在那个物质贫乏的时代，可着实为家庭减轻了不少负担呢。谈起伙食，许多生动有趣的画面就会重现。那时候，因粮食紧张，每人每顿饭只有半个细粮馒头，但是厨房门口的地面上堆放着几大笼热气腾腾黄澄澄的发糕是随便享用的。我们这些淘气的孩子，总是把上面点缀的红枣儿抢着抠出来吃掉，剩下一笼满身小洞的发糕在笼中发呆。水泥地上摆着的几盘炒菜倒也算够吃，最美味的是顿顿都有带鱼呢。当时哪来的那么多带鱼我们也不得其解，只顾闷着头大快朵颐。好东西也架不住天天造啊，说实话，后来还真的有点吃腻了。学校福利实在太好了，时常会发苹果、橘子、西瓜、红枣等给我们。冬季还发军大衣、狗皮褥子、暖壶等，一应俱全，至今想起来都觉得特别温暖，特别幸福。

许多有趣的画面，至今想起来都让我忍俊不禁。

最搞笑的莫过于学校第一次登记练功服，我问："最大的鞋和衣服号是多大呀？"对方答："最大的是男娃里最高个子的号 110 号，鞋是 39 号。"我不假思索地说："那我就挑最大号吧。"对方满脸不解地望了我一眼，也没说什么。

期中考试时，趣事发生了。排练场内，悬挂着"团结　紧张　严肃　活泼"条幅的排练场前排整齐地摆放着一排桌椅。记得那是考毯子功，参加考评的老师们坐成一排。坐在正中间位置的史雷校长，脸上架着一副特别小的窄边眼镜，眯缝着眼睛，看得非常认真投入。考场中，我卖力地翻着几十个原地翻，说时迟，那时快，只见一只白鞋"嗖"地腾空而起，直接飞落在史校长的桌前。校长拎起桌上这只大白鞋，再望一望个儿不高、穿着超大练功服、光着一只脚站在对面的毛愣愣的我，疑惑地问："这是你的鞋子？"我擦了擦头上的汗水，怯怯地说："是。"史校长从鞋子里掏出许多垫在里面的纸，无奈地笑着问我："为什么要穿这么大的衣服和鞋子呢？"我小声嘀咕道："我妈说要大点儿的能穿好多年呢。"班主任张老师说："瓜子娃，学校每年都会给你们发衣服哩，下一次一定要选合身的，你看，这就像是个麻袋把娃装进去咧。"一番话惹得全场师生哄堂大笑，羞得我简直都无地自容。

一年后，我们便进入剧目排练了，我充满幻想、期待满满地等待着好角色降临。"朱佩君，《烙碗记》里马氏。"啥？我没听错吧？启蒙戏让我学媒婆扮相，丑得要命的婆子？我瞬间泪如雨下，感觉自尊心受挫，整个人崩溃了。为这事，我整整哭了好几天呢。史校长语重心长地对我说："只有小演员，没有小角色，一个好的演员要善于塑造各种不同的人物。"这句话对我的启发非常大，也让我很受益。

1983年，我们学校从文艺北路搬到了文艺南路。新校址在文艺路南端与建设路交会的东南角，南与公路学院毗邻。正在建设中的新校址面积大了很多，几排简易的平房分别设有文化课教室、排练场，南边还有即将建成的教学大楼。简易的练功棚北边一排小平房是学生宿舍，女生大宿舍的西边是学校食堂。那个时段，豆蔻年华的我们刚刚进入青春发育期，常常因为饭票不够吃而饿肚子。虽说家里时常捎一些炒面（把面粉炒熟）让我充饥，但还是无法满足胃的需求。我的做饭的厨艺，应该是在那时候启蒙的。我除了用粮票换鸡蛋，还时常向厨房的师傅讨来一点米面和盐，再捎带点白菜叶和大葱，在简陋的排练场火炉上架上饭盒开始给自己煮菜饭，那香味儿诱得同学们口水直流……

我还清楚地记得人生第一次写给父母的那封信，内容是这样的："爸、妈，最近同学们都在吃苹果和炒面，我也想吃苹果，再来些炒面。"书信内容言简意赅。不几日，父亲便托人捎来了我心中盼望着的细粮炒面和几个大苹果。

提起苹果，让我不由得想起那次下了好几天的大暴雨。深夜我们正在熟睡，"咔嚓"一声巨响，房顶裂开了，水泥渣块瞬间砸了下来。我们十几个女生惊慌失措地逃出房间，冲入对面的排练场避难。就在那么危险的时刻，我还不听劝阻，执着地返回宿舍，摸着黑在湿漉漉夹杂着渣块的地面上搜罗，终于抢救出我那没舍得吃的几个大苹果呢。

谁承想，入学三年后，我的体重竟达一百三十八斤。变成了学校四大胖之首（这个纪录在校期间还没人打破过）。肥胖的体形自然分不到满意的角色，但我有股子倔劲，就是不服输！同学们排什么戏我都默默地在旁边跟着学，不论文戏武戏，我都会记得滚瓜烂熟，至今也未曾忘记。“俊奎社”当时在学校也小有名气，那是我们利用课余时间和几个同学一起练唱的地方。因为是由学司鼓的焦俊武同学和学须生的陈奎同学发起，所以我们就亲切地称为“俊奎社”。不管春夏秋冬，几年间，“俊奎社”的自发练唱从未中断过。

后来，同学们渐渐地开始和老师一起同台唱戏了，唯有我因自身条件太差，一直没有上台的机会。争胜好强的我总是心中不服，于是，给自己定了一个苦练计划。晚上劈着叉入睡，夜半醒来腿脚麻木到没有知觉。每天凌晨 4 点起床，偷偷翻窗进排练场，借着夜色跑圆场。那天夜里正在苦练，忽听外面田老师喊：“谁在里头？”听见开门声，吓得我急忙跑到台口用大幕布条包裹起来，屏住呼吸。“啪啪”的刀皮子抽向幕布，疼痛难忍，我只能灰溜溜地站了出来。田老师听了我的解释后，和蔼地对我说：“刻苦是好事，老师支持你，但是也得注意休息。下次不要再半夜翻窗子了，危险！下回来找我，老师给你开门。”听罢，我的心好暖啊！说真话，那段时间我的长进还真大呢。别看我胖乎乎，侧空翻、小翻、旋子、刀枪剑戟、团扇、折扇、水袖等，那些个戏曲程式动作和高难度技巧我基本都过关了。老师们看到了我的努力，慢慢地多了些对我的关注。但是，因为个人条件限制，漂亮的旦角戏我是别想了，不被人重视的老旦这个行当，成了我的看家本领。由于行当讨巧，我又擅长表演，所以，在学校的许多折子戏里都有露脸的机会。

1986 年的那次全国七省市艺术院校梆子戏会演让我至今难以忘怀。学校唯一的一台折子戏参演，其中《三上轿》《秦雪梅吊孝》两个剧目都有我的角色。好激动人心啊。真是只有小演员，没有小角色！只要认真，功夫是不负有心人的。总之，艺校七年的生活，忆也忆不尽，道也道不完啊！

1987 年，我结束了七年的艺校生活，荣幸地被分配到陕西省戏曲研究院秦腔团工作，再次走进了文艺路13号院（后来和11号合并归属戏曲研究院）这个被誉为西北最高戏曲殿堂的理想单位，成为一名专业秦腔演员，开启了我的舞台生涯。二十多年中，有欢笑、有自豪、有心酸、有凄苦，更有道不尽的戏曲人生故事。

青艳不解地说:“佩君，我可真服了你了，几十年过去了，你咋还是那么爱唱啊。”是啊，我感觉自己就是为秦腔而生的，就是这么爱唱戏，我后半生的最大愿望就是能重返舞台，酣畅淋漓地演绎一出秦腔大戏。尽管时代在变、工作在变、生活在变，但唯独不变的是我对秦腔深深挚爱的那颗心，那份真情!

下乡，下乡

送戏下乡，是演员的天职。

童年的我常常被父母带着乘坐马车、拖拉机，好一些的是大卡车，随剧团四处转点下乡，眼见的都是背着铺盖卷，用网兜提着脸盆、饭碗等生活用品的叔叔阿姨。破旧的戏箱和布景中间那个缝隙，往往是我最幸福的避风港。住宿好点安排在村民家里居住，大多还是被村里安排在学校里打地铺，团里人亲切地称之为“卧龙草”。风起的日子，寒风透过破烂的窗子直钻入我的骨髓，那真个是寒风刺骨啊。地上潮湿外加阴冷，我们便缩进被窝里把头捂住，双腿拳起来让冻成冰块的双脚感受一下温暖。剧团下乡自带伙食，大锅一架，多是烩菜、连锅面，再配上切成粗条的大头菜。粗菜淡饭，大家倒也吃得很开心。晚上我总是凑到台口看戏，《游西湖》里吹火用的松香包，从台口点燃向台上抛去，便形成一条火光冲天的弧线，营造出神奇的视觉效果。《劈山救母》中，圣母飞天，二幕后五六个壮汉子压着一个碗口大的木椽子，台上椽口处绑着一个小木栅栏，演员从舞台踩上木架，从低到高慢慢升起，还得边唱边演，给台下观众呈现出出尘超凡的仙界胜境，能如此完美地表演，全靠后面五六个汉子的把控和技巧，是个很费力气的活计。

我父亲是一个不折不扣的戏痴，他的学生是他最大的希望和动力。老父亲为学生费尽了心力，竟无视我这个女儿的存在。记得我十岁左右，爸爸带着学生队从三原西张村往西安灞桥区转点。夜色降临，住在农民家中的我揉着惺忪的眼睛走出屋门，超常的安静让我有些不安。住户家也未有人影，出门走至村头，遇到了神色慌张的小燕姐。这才知道，转点的车走了，把我们俩给落下了。那时候，也不知哪儿来的勇气，我竟在大路上拦下一辆煤车，俺俩坐在煤堆上一路颠簸到了灞桥。追逐着亮光找到了舞台，瞧！老爸正热火朝天地指挥着大家装台呢！我溜到他的边上，好想让他发现我的存在，可是老爸他哪儿能顾得上我，明天的演出对他来说才是最重要的事呢！那一刻，我伤心得眼泪哗哗地流淌。老爸呀！难道我是捡来的孩子吗？

从小受秦腔熏陶，十二岁时，我考入陕西省艺术学校，正式成为一名戏曲演员，开始七年的学习生涯。十五岁登台，真正开始下乡，到乡村、到厂矿、到边远地区，送戏下乡是在我十七岁那年。

记得那是1985年，临近毕业的前两年。学校为了锻炼我们的舞台表演经验，安排去陕甘宁三省进行为期近两个月的下乡巡回演出。近两个月的下乡生活，给我留下了许多珍贵的、难忘的记忆。乘坐大轿子车长途跋涉，在曲折的道路上行进，一路颠簸，一路欢歌……经过近十个小时的车程，天黑时，我们抵达第一站——甘肃省庆阳市长庆油田。夜黑风冷，同学们在老师的指挥下装卸道具车、抬戏箱。将近两卡车的服装、道具、灯光、布景等，移到室外光秃秃的舞台上，然后开始装台。男同学和老师负责装吊杆，高危作业，我们在女老师的带领下学习绑幕布——大幕、二幕、沙幕等，等待吊杆上升到位，层次分明列于台口，灯光师就开始调光、试景。灯光开启，五彩缤纷的亮光照在身上，我们的小脸儿被照得暖暖的。寒冷之后，感受暖光照耀，真的透着点小幸福呢！一个小时后，原本空冷的舞台被我们打扮得绚丽多彩、花团锦簇。

当然，最值得炫耀的就是我们不用自带铺盖，所到之处均是招待所安身，比起县剧团的下乡待遇，我们是明显提高了好多。饭食也通常是几菜一汤，加上面条、馒头、米饭等，晚上演出结束还会有一顿宵夜。说实话，还是蛮幸福的。

就我个人而言，谈起学校下乡，让我不由得有些悲催。因我体态肥胖，上台机会实在不多，便被老师安排为演出打字幕。那时候的字幕也就是放长条幻灯片。我的工作岗位位于露天观众席偏左居中处。观众进场前，我基本就开始幕前准备。对光区，对句词，上圈架。广场上一阵狂风掠过，我瞬间冻成冰球。脚趾好似粘贴在冰冷的地面上已无知觉，两腿寒风透骨。耳朵冻到烧疼，头皮冻到发麻。两只冻得红肿的胖手，哆哆嗦嗦地随演出转动着幻灯条。

观剧时，观众为剧情所吸引，时而悲泣，时而开怀大笑；或沉静，或窃窃私语；几百人、上千人看戏的场地，井然有序。观众自带座椅，高低不齐，人潮涌动，喝彩声不绝于耳，掌声雷动，气氛壮观。有时遇到雨雪天气，戏也不停。看戏的群众或撑把油伞，或披着一片塑料布，有的压根儿不惧风雨，一动也不动，看得聚精会神。一双双眼睛盯着舞台，情绪随演员的表演大起大落，叫好声、鼓掌声此起彼伏。我的心情也随着剧情而转变，手也不停地随剧词转动着。人常说：经历就是财富。感谢经历，让我学会了、牢记了这一本本、一折折的经典剧目，为我后来的文学创作打下了良好的基础。

1987 年 7 月 14 日，那天是我人生中永难忘记的日子，也是给我们全家带来惊喜的日子。省艺校毕业等待分配的我，意外地接到省秦腔团的通知，先借我到团里参加下乡演出，这就意味着我有可能会被秦腔团接收，激动人心啊！

几天后，我这个陌生面孔连同三位同学一起，随团登上了前往凤翔县下乡的轿车。我小心翼翼地打量着这辆轿车，脑子不由得和父母所在的县剧团下乡场景做比较，真是天地之差呀！就连卸车装台都有很大的不同。大院团舞美队很专业，我们除了帮忙抬抬戏箱，装台的事基本用不上我们。住宿安排在县招待所，我仔细打量着干净整洁、四人一间的屋子，幸福感油然而生。由于初到怕生，我便静静地待在房间里等团里通知。不一会儿，一位姓王的老师风风火火地推开房门冲我说："女，拿个包包领苹果去。"啊！还发苹果？我怯生生地跟在王老师后面去领果子。说来真是缘分，王老师是第一个接近我的人，她叫王婉丽！性格泼辣、心直口快、演戏煽情，是一个绝佳的好演员。后来，她成了我的师傅。

演出实践中，我才慢慢地感悟到，人人感觉不起眼的老旦行当，原来也可以绽放它的魅力！"没有小角色，只有小演员"，是啊，这句话讲得太有道理了！由于行当讨巧，大家都不抢不争。所以，年轻的我很快就和名家同台，有露脸的机会了。哪承想，我的表演竟被那么多的名家老师看好，除了配演老旦，还给了我一些意外的惊喜，竟然连《墙头记》里大怪媳妇这种年轻的、穿红着绿的角色也分配给我演。天哪，做梦都没想到啊！当我看到化妆镜里贴鬓插花、装扮娇艳的我，美得都不敢相信这是自己。演出成功了！我的脚跟也渐渐地站稳了。

难忘甘肃天水的那次下乡。记得那晚演《窦娥冤》，左红老师扮演窦娥，我扮演窦娥的婆婆蔡婆婆。《杀场》一折，我刚上场一句"放大胆杀场——来、来、来祭奠……"一串趋步扑到台口。"好……"随着一片叫好声，掌声顿时响彻夜空……演出结束，后台出口已被围得水泄不通，当观众看到卸装后的我竟是一个不满二十岁的孩子时，纷纷称赞道："这娃演得太好了，本以为是四五十岁的老演员哩，没想到是个娃演员。""哟，这蔡婆婆这么年轻，唱得美！好把式！"那是一个令我心情振奋的夜晚，那一夜，我第一次用毛笔给观众签字留念，那一夜意义非凡。老旦这个行当给了我这么大的荣誉，我要珍惜，更要努力啊！

还记得和著名表演艺术家任哲中老师合作演出的《抱妆盒》(《狸猫换太子》里的一折)，任老师近六旬，我刚二十整。他演陈林，我演刘妃。我们这一老一少在舞台上配合默契，演出效果俱佳，整场掌声不断。感恩老一辈艺术家对我的提点，给了我施展才华的空间。

更难忘与秦腔表演艺术家郝彩凤老师合作的秦腔现代戏《江姐》，我扮演双枪老太婆，郝老师演江姐。我们的年龄相差近三十岁，很悬殊，但舞台上丝毫没有违和感。此剧还作为精品在二十世纪九十年代初的陕西电视台年年播出呢。

一晃几十年过去，我依然思念下乡的日子。热热闹闹的集体生活，诙谐幽默的语言交流，生、旦、净、末、丑异彩纷呈，那舞台下、狂风中，夹杂着黄土味的炒凉粉；烈日下，蹲在地上端一块红沙瓤、赛冰糖的大籽西瓜；秋收时，露天舞台周边各色摊点的叫卖声；春来时，舞台周边郁郁葱葱的树木花草……有时候，还真真有些留恋曾经睡过的“卧龙草”呢！

“95后”少年的秦腔缘

三原青年杨勤采访老艺人侧记

秦腔是中华民族的传统文化瑰宝，是戏曲的开源鼻祖。“八百里秦川尘土飞扬，三千万儿女高吼秦腔”，提起陕西的民俗文化，首先闪入人们脑海的便是秦腔。秦腔是秦人生命的融合之物，是我们生活中不可或缺的元素，不管风雨变迁、时代更迭，秦腔仍然历久弥新、生机盎然！

在当下人们的认识里，很少有年轻人喜欢秦腔。可是，对于我家乡陕西三原县的一位“95后”来说，秦腔却是他从小到大的“至爱”。这位“95后”从古老的秦腔视频资料搜集中感受到了很多艰辛同时也收获了很多快乐。几个月前，我在抖音上偶然刷到了老妈三十五年前参加省电视台春节戏曲联欢会的视频，老妈年轻的面孔和清亮的嗓音不仅为台下观众带来几分新春喜气，还穿越时光隧道惊艳到了屏幕前的我。

后来又陆续看到三原县剧团当年演出的《梨花狱》《丹青泪》《天鹅宴》等珍贵的视频，看后让我大吃一惊，这可是县级剧团都没有的影像啊，这些珍贵的资料是从哪找出来的呢？于是，我便关注了“三原戏曲传承工作室”这个抖音号。通过这个抖音号相继又看到了许多剧团当年的一些老艺人的介绍和采访。

在三原家中，老爸兴奋地介绍说：“这就是把剧团的老戏发到抖音上的那个娃。娃叫杨勤，是个‘95后’。”我仔细打量着面前这个年纪不大、性格有点腼腆的小伙，有点不可思议，“三原戏曲传承工作室”竟然是一个普通的“95后”男孩儿？年纪轻轻竟然能有这般见识，做这么有意义的事情？小伙站在那里有点拘谨，我连忙说：“快坐下，快坐下，在抖音上看到那些珍贵的视频、看到昔日剧团里的老剧目和老面孔感觉很激动，这些珍贵影像被你找回来，实在太珍贵了，所以想和你好好聊一聊。你家里有从事秦腔工作的吗？”杨勤说：“噢，没有。我是从小便喜欢秦腔，虽不会唱，但却喜欢听，听台上的唱腔，听背后的故事。”这是一个有心的小伙，也是一个有情怀的小伙啊。“我在抖音上看到这些视频当时还挺震惊的呢，你是什么时候想着搜集这些资料的，这个工程难度很大呀，就连剧团都没有这些资料，你是怎么把它搜集出来的？”听到我的提问，杨勤说：“我也是因为有一次看完戏，偶然地听到一位老艺人感慨道：不要看咱们现在在舞台上蹦跶得欢实，过些年去世后，估计都没几个人知道我们这些在舞台上唱了一辈子戏的‘老家伙’了。正是这句话深深地触动了我。是啊，提起秦腔演员，人们首先想到的便是省市那些大团的名演，而在我们地方剧团服务了一辈子的老艺人们难道不应该被人记住吗？我暗下决心，一定要让更多的人知道我们这些基层老艺人的过去和现状！”杨勤讲得很动情，我在他的眼神里看到了一种决心和勇气。年轻人对秦腔如此热爱真的让我刮目相看哪。

“正是由于这个初衷，让我有了采访秦腔老艺人的冲动，说干便干，我便邀请了几位好友开始了采访秦腔老艺人之旅，首先我们决定以三原剧团的老艺人为基础，成立了三原戏曲工作室。都说万事开头难，但我却十分幸运，头一位便采访到了现年五十七岁的崔水云老师，如果不是她说，我肯定不信，年近花甲的崔老师就像二三十岁的小姑娘一样热情活泼，听了我的采访计划之后，更是开心得像个孩子一般，主动加入到我们采访队伍里，有了这员大将，我们的采访之路又变得顺利了许多。”

他讲得兴奋，我听得开心。此时好多疑问涌上心头：“搜集资料也需要许多经费的呀？这些问题你是怎么解决的呢？”

听到这个问题，他略微沉思了一下，接着说：

“根据崔老师提供的老艺人情况，我们初步制定了采访路线，就在我们准备大干一场的时候，现实的困难却挡在了前路。常言道：兵马未动，粮草先行。可采访老艺人这个活动却是我个人行为，活动经费便是头一道难关，但是为了自己的梦想，我便开始节衣缩食，又从自己微不足道的工资中划出一部分作为活动经费，三个月后，终于攒够了第一步的活动经费，就这样一边凑经费，一边采访老艺人，真是坎坷异常。

“聚是一团火，散是满天星，当年三原剧团的老艺人因为各种原因散落各地，除了三原县，还有一些老艺人居住在周边区县，甚至外市外省，这又是一大难关，因为消息不灵通，住地也不断变更，使得我们的采访工作变得异常艰辛，路线变长，地域变阔，意味着我们的采访时间也被拉长，路上的车费、住宿等花销也翻倍增加，但是为了心中的梦想，我还是坚持不懈，奔彬州，下泾阳，不知经历了几多山水，终于打听到老艺人们的住所，一一访问！

“经过两年的走访，我已经采访了二十多位我们三原籍秦腔界的老艺人，朱文艺和王亚萍是一对舞台伉俪，而且朱文艺老师退休前曾担任三原剧团团长一职，但当我登门时，两位老人却丝毫没有架子，把我视为他们的孙辈，让我瞬间便感受到了温馨，采访变得异常顺利，激动之余，两位老艺人还清唱了几段唱腔，真是宝刀未老，韵味十足啊！这样的舞台伉俪还有曹丁山和刘美丽老师，他们因戏结缘，虽已退休，但还是心系秦腔，真是令人动容，其他如：程天德老师、李霞老师、王琴兰老师、杨民权老师、邓全艺老师、赵改琴老师、刘志义老师、宋桂兰老师、吕肇老师、史德老师、韩印琦老师等等，他们无一不挂念着热爱了一辈子的秦腔事业，从他们口中，我还探听到了一位民间老艺人、七十六岁的陆平安老师，从他那里我又得到了许多早期的秦腔活动录像，真是收获颇丰！

“采访的老艺人越多，我就越觉得这件事情做得对、做得值，这件事让更多的人了解了秦腔，了解了我们三原籍的秦腔老艺人，但在采访中也有个别遗憾，受疫情影响，朱美英老师和黄莲香老师无法当面采访，只能通过电话和微信进行简单采访，这种遗憾尚可弥补，但对于已经过世的冯武耕老师和梁秋芳老师来说已经天人永隔，他们的后辈在接受采访中悲痛地表示，老人们要是早几年看到这些视频该多好啊！”

是啊！剧团那些已经去世的奶奶伯伯叔叔阿姨们如果能早几年看到该多好啊！

“年关将近，在崔老师的提议下，我们决定组织老艺人进行一次联谊活动，受邀的老艺人们一听都很激动，积极响应。但活动当天却天降甘霖，正在我们担心之时，年逾八旬的程天德老师身穿雨衣，骑着电动车如约而至，当他脱下雨衣，说出‘我没迟吧’的时候，我突然就明白了我做这件事情的意义所在，老艺人们很多都是多年未见，激动之情难以言表，我们几个年轻人也深受感动！

“我是一个‘95 后’，很多人都理解不了我热爱秦腔的原因，但在和这些老艺人的一次次接触中，我才明白传承的意义所在，越是民族的越是有吸引人的魅力，正是这种魅力，吸引着我采访的脚步！现在我感觉最大的困难还是经费和时间，老艺人们年事渐高，岁月不待人，但我也有自己的本职工作要做，真是左右为难、进退维谷。可不管如何，为了我心中的秦腔梦，采访老艺人的活动即使再苦再难，我也会一如既往地坚持下去！”

这个“95后”小伙的一番话深深地打动了我。在信息高速发展的今天，各种资讯一闪而过，能静下心来思考，能有这份责任和担当很不容易，也证明文化基因根深蒂固、渊源很久。秦腔艺术遗产的保护和利用是一个长远而浩大的“文化工程”，在国家提倡文化自信文化自觉的今天，更需要一辈又一辈像“95后”杨勤的年轻人赓续传承下去。

赶牲灵的哥哥哟我来了

人生出来不一定是为唱歌的，但没有了歌声，人类的生活将是无味的。我自幼喜欢唱歌，尤其喜欢我们家乡的陕北民歌。

正值盛夏时节的7月20日晚，北京一场罕见的大暴雨出其不意地淹没了农庄的每个角落，灌满了我苦心经营了大半年的开满鲜花的小院之后，竟然在夜半更深悄无声息地冲进了我的家中。

21日上午，与洪水斗争了一夜的老佩，拖着疲惫的身体抛下正在清理的现场，蹚过农庄的一片汪洋，带着满身的雨水，狼狈不堪地出现在周明和红孩老师面前。是什么样的魅力能让她忘记疲劳，义无反顾地赴这次吴堡邀约呢？是那一首首动人心魄的陕北民歌，是那一首首脍炙人口的信天游，将我从雨中帝都带到这古朴的黄土高坡古窑洞旁。

“走头头的那个骡子哟，三盏盏的那个灯，哎哟戴上了那个铃子哟，哇哇的那个声……”

“一个在山上一个在沟，咱们拉不上话招一招手……”

这一首首承载着陕北人民的喜怒哀乐、悲欢离合，飘荡在黄土高原的山山峁峁、沟沟坎坎，千百年来经久不衰的陕北民歌深深地吸引着我。是那最朴实、最真挚的情感抒发打动着我，每一句话儿都是从心窝窝里掏出，不虚拟，不造作，用发自肺腑的呐喊讲述着一个个在贫苦生活中挣扎的男女爱情故事。我喜欢陕北民歌，它语言平凡朴素，旋律凄美苍凉，简洁明快的表达方式有着灵动的空间感，每每听起，我的脑海里就会浮想联翩。

上世纪八十年代，一部由路遥同名小说改编的电影《人生》播出后引起了强烈的反响，其中主题曲《叫一声哥哥快回来》堪称经典，太动听了！从那时候起，我就深深地迷恋上了陕北民歌。从《五哥放羊》《挂红灯》，到《赶牲灵》《三十里铺》《兰花花》，再到《羊肚子手巾三道道蓝》《对花》等等，几十年来，不管我身在何处，陕北民歌一直伴随我经历着时代的变迁、岁月的流淌。

熟悉我的人都知道我有两个最爱，一是秦腔，二是陕北民歌。有我参与的活动，必有秦腔和陕北民歌的声音。尤其是朋友聚会，大家总会点唱我最喜爱的那首《赶牲灵》。我对陕北民歌不但痴迷而且很专一。

前几年随采风团来到壶口，瞬间被眼前这气势磅礴、波澜壮阔的黄河瀑布震撼了！辉煌的自然资源深深地吸引住了大家的眼球，大家都惊叹不已，竞相拍照。这时，突然从背后传来：“我说东方就一个红，太阳就一个升，中国出了个毛泽东，他是人民大救星。”这个声音魔法般令我驻足。转身望去，只见滚滚黄河崖畔上有一位头戴白羊肚子手巾、身着土布褂子、腰系红绸腰鼓的陕北老汉在纵情高歌。我不由自主地接唱：“一个在山上一个在沟，咱们拉不上话招一招手。”没承想，他又回唱一首《三十里铺》：“提起个家来家有名……”我们俩就这样一边唱着一边和着对起歌来。激情的对唱引得游客纷纷围观拍手叫好。这时，我索性放声高歌：“青线线那个蓝线线……”游客的掌声热烈，我唱得越发忘情。老汉也越唱越来劲，竟唱起了酸曲儿:《大红果子剥皮皮》《拉手手、亲口口》。我也随即对唱，幸好未掉链子。我们边唱边舞，越走越近，我兴奋地舞起红绸子，陕北老汉打起腰鼓，摆出了经典的舞蹈造型，这场欢快的陕北民歌大 PK 就算结束了。真是唱不完的信天游、抒不尽的情啊！那次对歌的情景我至今记忆犹新。

记得 2003 年王昆老师指导我唱陕北民歌《赶牲灵》时曾说的那句话:“就用你秦腔的唱法，演唱时眼前要有画面，不要刻意地去找发声位置，就用陕西话最朴实地唱才会打动人。”老师的教诲我至今铭记在心。

这次为了参加纪念前辈作家柳青诞辰一百周年的活动，我有幸随中国散文学会组织的作家采风团，踏上了陕北这片热土来到了吴堡。

这里不仅是《创业史》的作者、著名文学家柳青的故乡，更是毛泽东在 1948 年 3 月 23 日，率领在陕北转战了一年的中央纵队东渡黄河、前往河北省的西柏坡的出发地。当然，最吸引我的，还是因为它是陕北民歌《赶牲灵》的诞生地。

张家墕村，是著名的民歌之乡，也称腰鼓村，我们所住的同源堂宾馆就在此村依山而建。四周遍野枣树环抱，空气清新宜人。还有一个意外的收获，县委宣传部部长李光泽告诉我说:《赶牲灵》的作者张天恩就出生在这个村子里。好有缘啊！这对我来说是多么大的惊喜啊!

傍晚，夜幕低垂，黄土高原万籁俱静，同源堂窑洞宾馆在霓虹灯的衬托下显得格外明亮，别具风光。此时，大厅里唱响了我最期待的、亲切熟悉、动人心弦的陕北民歌。《一对对鸳鸯水上漂》《拉手手、亲口口》等一首首耳熟能详的民歌被民间歌手演绎得格外动听，非常感人。凄美委婉、真切朴素的演唱风格使人耳目一新。歌王骆胜军的演唱更是掀起了联欢的高潮，一首《老祖先留下个人爱人》简直把我听醉了。深情的演唱太精彩了，声情并茂，余音绕梁。一首发自肺腑的呐喊之声——《羊肚子手巾三道道蓝》，深深打动着我，感染着我。时而缠绵悱恻，时而粗犷豪放。真是一场听觉盛宴啊！原生态陕北民歌实在太具魅力了！真是高手在民间啊！如此学习良机怎能错过，我早已按捺不住激动的心情，抛下原有的顾虑，主动请缨与歌王骆胜军合唱一曲。音乐响起，我怀着激动的心情站在黄土高坡的窑洞里，与享有盛誉的陕北歌王骆胜军合唱起了《三十里铺》。

会后，在县委宣传部部长李光泽的精心安排下，在县纪委书记韩金花女士以及张永强先生的悉心陪同下，我们一行来到了张天恩的故居采访。这位民间音乐大师的传奇人生深深吸引着我。

这时，张永强突然从旁边有人居住的窑洞里抱出一个镶满照片儿的大镜框，指着每一张照片对我们热情讲解。原来，张天恩不但是著名的陕北民歌艺人，还是擅长陕北秧歌和陕北快板的能人。他青年时期赶着牲灵走三边、下柳林，为边区驮盐、送炭，沿路的沟沟坎坎、山山水水给了他创作灵感。他编唱出了《赶牲灵》《跑旱船》《白面馍馍虱点点》《十劝劝的人儿》等耳熟能详的作品。

听说坐在窑门口的陕北老汉是张天恩的徒弟，我便迫不及待地迎上前去，请老人讲述张天恩的鲜为人知的故事。他说：张天恩很重情义。天生一副好嗓子，深得十里八乡百姓的喜爱。更是迷倒了许许多多的陕北女子！他的歌声也为赶牲灵途中的弟兄们挣到了许多糊口的粮食。当时，赶牲灵的脚夫每人赶两头骡子，日行四十公里，黄土高原山陡路遥、地广人稀。脚夫们出行一次少则十天半月，多则一季半年，男女爱恋，无奈聚少离多。“你穿上个红鞋街畔上站，把赶牲灵的人儿心搅乱。”

“你赶你的牲灵我开我的店，咱们来来回回好见面。”

唯有顺山飘飞的信天游，能给脚夫们寂寞苦闷的路途增添欢笑，使他们有了生机，也有了对美好明天的憧憬。

一个个缠绵凄美的爱情故事，演绎为一首首久唱不衰的信天游。做了一辈子脚夫的张天恩，正是有了这样一段刻骨铭心的人生经历，才在那种艰难困苦的条件下，创作了这首脍炙人口的《赶牲灵》。

陕北民歌背后的故事深深地打动了我。

我仿佛站在圪梁梁上，看见寂静苍凉的黄土高坡远处的点点星光下，一队队赶牲灵的脚夫牵着骡子在蜿蜒崎岖的坡道上艰难地行进。清脆的铃铛伴着骡子“嘚嘚”的蹄声从远处渐渐传来……“走头头的那个骡子哟，三盏盏的那个灯，哎哟戴上了那个铃子哟，哇哇的那个声……”歌声在坡上坡下回荡着。

我遥望着行进在山沟沟里的脚夫哥哥们，向他们深情地呐喊：“你若是我的哥哥哟，招一招手，哎哟，赶牲灵的哥哥哟，我来了。”

我的秦腔世界

我生在秦腔世家，父亲是县秦腔剧团的编剧兼导演，母亲十二岁就以一出《走南阳》唱红了家乡陕西三原县城以及周围邻县，是剧团里名副其实的台柱子。父母的足迹几乎踏遍了大西北的每个角落，几乎是在妈妈的肚子里，我就开始受秦腔的感染，呱呱坠地后，便接受了秦腔的洗礼。

小时候因为父母经常下乡演出，有时实在不能照顾我们姐妹，我们便被送到乡下，由外公外婆抚养。外公是一个忠实的秦腔爱好者，并且会讲很多很多的戏文。我们的童年，很少听到美丽动人的童话故事，却常常能听到外公在窑洞里微弱的煤油灯光下声情并茂地讲着一本一本的老戏文，外公的情绪常常随着剧本里各个角色不断的变化而变化，兴奋时他还唱上几段。我们也都聚精会神，听得津津有味。外公一生最为自豪的就是有一个名演员的女儿。每当听到从县城回来的人说“叔，今儿个晚上亚萍的戏，队排得长得连票都买不上”，那时候的外公心里别提有多高兴了，他得意地摸一摸自己花白的山羊胡子，脸上露出会心的笑容。最令人难忘的就是外公即将远行离开这个世界的那一时刻，家族里大大小小几十口人围在窑洞里外公的土炕边，等待着外公的临终遗言，谁料躺在炕上已有数月、生命垂危的外公此时却忽地坐了起来，使出浑身力气唱了一段花脸唱段《斩单童》：“呼喊一声绑帐外……”待整段唱腔唱完后，外公便倒下头驾鹤西去，带着他老人家一生钟爱的秦腔，走到了他人生的终点。

上世纪八十年代初，一个偶然的机会，是美丽神奇的戏曲，是古老而独具魅力的秦腔，让我终于实现了小时候的梦想，考入了向往已久的艺术摇篮——陕西省艺术学校，从此开始了我的艺术生涯。老师慈母般的精心培育，加上自身的努力，我终于以优异的成绩结束了七年的校园生活，分配到了令人羡慕的西北五省最高的艺术殿堂——陕西省戏曲研究院。从此，流光溢彩的舞台，高亢激昂、优美动听的秦腔艺术成为我一生的追求和最爱！花团锦簇的舞台，优美的音乐伴奏声伴随我渐渐地成长……

离开舞台已有数年，不管我身在何处，都忘不了生我养我的家乡，魂牵梦萦的还是委婉动听的秦腔。记得在马来西亚生活工作的那段时间，有一次我同老板一起从马六甲往槟城送货，旅途上异乡的美丽风景，把我的思绪带回了故乡陕西那浑厚淳朴的黄土高原上，口中禁不住又哼起了秦腔。五个小时的行程，我足足唱完了《火焰驹》《窦娥冤》两本大戏，剧中的生、旦、净、末、丑一个也没少地齐唱个遍。那时的我完全地投入到剧情之中，喜、怒、哀、乐尽现脸上，当我唱到斩窦娥时已悲愤交加，泪流满面……“朱小姐，你是不是生病了？”老板满脸狐疑地看着我，并给我递来了面巾纸。老板的问话把我从戏中的角色里拉回到了现实当中，我急忙接过老板手中的纸巾，擦拭了脸上的泪水，不好意思地说：“哦，没事没事，我是在唱我家乡戏秦腔呢。”后来在马六甲的一家有名的酒店“好世界”举办的一次好友会上，我正式地把秦腔介绍给了他们，我告诉他们西安不仅有气势恢宏的秦兵马俑，还有着流传了上千年的古老剧种——秦腔。

家族亲人们都是忠实的秦腔爱好者。每逢节日，最有意义的事情就是家族亲人们欢聚一堂演唱秦腔，这事总是由父亲操办，吹、拉、弹、唱均是家族的亲戚。常常是由母亲激情饱满的一曲小生戏《英雄会》作为开场，父亲韵味十足的《诸葛亮撑船》排在第二，我呢，早已按捺不住，总是要找一段最长的最煽情的唱腔美美地过上一把戏瘾。表嫂声情并茂的《三娘教子》催人泪下。曾获得陕西电视台举办的业余演员“戏迷大叫板”活动季军的表姐也总是少不了一段成名作《砍门槛》，老姨妈已经八十多岁了还要争着唱一段《探窑》，小姨、姨夫、姐姐、弟弟、表弟、表妹等……大家都争先恐后，当仁不让，你方唱罢我登场，热闹的气氛常常引来周围的邻居竞相观看，有的也即兴献上一段参与其中。

来到北京已二十余载，秦腔一直伴随着我的生活，有我参与的活动，就会有秦腔的声音。每当看到秦腔进京演出的消息，我就特别激动，踊跃地投入到联络业务、组织观众的工作中，乐此不疲地忙碌着。还常常荣幸地为家乡剧团进行汇报演出客串主持人呢，你想想，我该有多开心。京城唱响大秦腔，不但让京城的人了解秦腔、欣赏秦腔、熟悉秦腔这个大剧种，也能让热爱家乡的在北京秦人大饱一下耳福、眼福啊！秦腔唱得是那么给力，唱得是那么红火，作为陕西人、秦腔人，我真的感到很骄傲。好在京城有个同乡会，聚集了几千名陕西乡党，大家都非常热爱家乡、喜欢秦腔。在北京的秦人非常团结、亲如一家，大家常常聚在一起，吃着家乡饭、讲着乡音、听着秦腔，心里别提有多高兴了。场面真是盛况空前，热闹非凡。这种时候，我也会乘机一展歌喉，大过一把秦腔瘾。

2019 年 12 月 11 日

难忘家乡戏 眷恋是秦腔

秦腔有“形成于秦，精进于汉，昌明于唐，完整于元，成熟于明，广播于清，几经衍变，蔚为大观”的说法，是相当古老的剧种，堪称中国戏曲的鼻祖。秦腔，中国西北最古老的戏剧之一。

八百里秦川莽莽苍苍，东有黄河之九曲回肠，西有西岳华山雄奇峻险。“长安自古帝王都”“周秦汉唐竞风流”，一部漫漫中华文明史，大半都发生在三秦大地这片热土上。孕育于这样一种环境里的秦腔，自然是高亢激越、粗犷豪壮的。

因秦腔而结缘

提起秦腔，我就特别自豪。前日与一众上海籍、河北籍、山东籍等生活和工作在北京的好朋友聚会，吃饱喝足，便在朋友的起哄下，即兴表演了秦腔。每次表演前，我肯定会给大家介绍一下秦腔的由来和特点：“秦腔是戏曲的开源鼻祖，它的特点是慷慨激昂、苍劲悲壮……”如数家珍般来个前言，紧接着再把所演唱片段的唱词给朋友用普通话朗诵和讲解一番，然后，我打开手机里的秦腔伴奏件，随着过门(伴奏)，便深入到角色之中……如同置身于古代的一个欢乐祥和的农家小户。兄弟在一旁读书，母亲在一边纺织，女儿家手中绣着丝绢，心中却有喜有忧："兄弟窗前把书念，姐姐一旁把线穿，母亲机杼声不断……天伦之乐乐无边，可叹娘屋难久站，出嫁便要离家园，母女姐弟怎分散，想起叫人心不安。"

这是秦腔名剧《三滴血》中李晚春的一段唱腔，当年被秦腔名家肖若兰演绎得委婉动听，耐人寻味，作为经典，在三秦大地广为流传。我之所以爱将这段唱腔推荐给大家，源于想改变外界人对秦腔的那种"累破头""只是吼"的印象和看法。想让他们知道，秦腔既有"慷慨激昂，苍劲悲壮"，也可"行云流水，委婉动听"。要说，最让我开心的就是他们还真正听懂了秦腔，喜欢上了我的演唱。还有啥比这更让我开心的呢？

在北京，秦腔票友剧社据说有好几个。我所熟知的是由一帮年轻人组建起来的"研习社"，从成立至今好像已有十多个年头了。记得当年成立时的首场演出是在北京农业大学的剧场里，当时我和周明老师、企业家王保甲大哥作为北京陕西同乡联谊会的代表被邀请去。那场演出我记忆深刻，当时，身为社长的刘祥当晚拜了秦腔老艺人、年逾八旬的王辅生老师为师傅，一众年轻人轮番演唱了秦腔经典唱段，王辅生老师还倾情演绎了自己的看家戏《家女》。

如今，这群活跃于北京的秦腔爱好者是一群单纯喜欢秦腔的人，不同身份、不同行业、不同年龄，聚在一起许多年了。他们常常利用空余时间组织排练，已经能演出很多经典的秦腔剧目了。他们也曾经回到家乡西安演出，一台折子戏清唱晚会，一台本戏。这一行劳师动众几十号人，参与人员大多是自掏腰包。要知道，这可是一笔不小的投资。可能会有人问：图啥？他们坚定地说："因为热爱秦腔。"此种纯粹与热情，恐怕连专业人士都自叹不如。

记得是七年前，那是一个炎热的夏季，午饭后接到一个电话：“你好！是朱佩君老师吧？我是研习社的王小峰，今晚我们有一个小型的秦腔演唱会，听说您以前是专业演员，想请您参加这次活动，不知您能否赏光？”接到这个邀约，甭提有多高兴了，我连忙说：“没问题，谢谢你！告诉我地址，一定准时到达。”

如约到达。第一个与我热情寒暄的人叫言韶，他是京城一家知名房地产开发公司的总裁，我用疑惑的眼神打量着这个穿着考究、身材挺拔的中年男人，他也爱秦腔吗？接着，他向我一一介绍了在场的朋友，有银行家、会计师、工程师等。

我颇为好奇：这帮来自各行各业的精英是怎么演唱秦腔的？

开场锣鼓后，一段《三回头》里旦角的苦音慢板开始了：“此时候……”我心中叫绝，“好动听，好有韵味”，简直媲美专业演员。她叫曾丽君，祖籍甘肃，嫁到北京，是退休干部。这做派，这唱腔，真让人不由得叹服。

“忠义人一个个画成图像，一笔画一滴泪。”这行腔，这音色，这韵味，简直是专业中的专业。这段《赵氏孤儿·挂画》中程婴的老生苦音慢板唱腔，竟被银行家李全林演唱得韵味十足，行腔流畅，抑扬顿挫拿捏得十分到位。

更让人吃惊的当数身为企业家的言韶先生，一段《火焰驹》中李彦贵的“离京地回苏州无处立站……”，把经典唱段演绎得惟妙惟肖，嗓音之高、音色之纯实属难得。

其他人的演唱也都特别专业，也很踊跃。你方唱罢我登场，现场气氛十分活跃。这些可都是非专业人士，真是让我大开眼界。他们对秦腔的热爱和执着追求深深地感动着我，大家强烈要求我这个曾经的专业演员表演一段。说实话，我心里真有点发怵，真怕自己长期不开唱，嗓子出不来。但机会难得，如果不唱对不起我这颗热爱秦腔的心。

一段悲愤煽情的祥林嫂《砍门槛》苦音尖板，“执利斧咬牙关急往前赶……”，拖腔二音“咦……”，在场的女声们齐声合唱，气氛相当热烈。一大段唱腔一气呵成，悲愤交加，泪流满面。

西北人的秦腔情结

2012 年 1 月 9 日晚，位于北京市宣武门西北角的繁星小剧场人头攒动，高潮迭起，琴声、掌声、叫好声接连不断，鼓声、梆子声、板胡声清脆悦耳，悠扬委婉，由浙商银行主办，北京陕西同乡会、大秦之腔北京研习社、北京万彩恒盛公司、北京亿彩公司参与，五家单位联合举办的《迎新春 (北京) 戏友秦腔演唱会》拉开了帷幕。

人们有些纳闷儿，浙商银行和秦腔沾不上边吧？但这个银行北京营业部的负责人是我们西北人，为人豪爽，酷爱秦腔，他们单位要办晚会，自然想起了秦腔，想起了一直在一起唱几段的秦腔戏友。于是大胆策划了这次秦腔演唱会，虽然规模不大，却取得了意想不到的效果，用十分圆满、非常成功来形容毫不夸张。

为了办好演唱会，组织者专门从西安请来国家一级琴师、著名板胡演奏家陈百甫老师和国家一级鼓师王建民老师前来助阵。

晚会开场便是我和剧社买广华的折子戏《火焰驹・表花》片段，默契的配合、优美的动作、缠绵婉转的唱腔抓住了台下满场西北老乡的心，一阵阵的掌声表达了观众对我们表演的肯定。接下来南波西装革履登场，他的一段《放饭》演唱得中规中矩，准确地表现了朱春登当时的心情。

在欢快热烈的伴奏声中，剧社的美女舒敏唱起了人人都会哼的眉户戏《阳春儿天》，音色纯美、委婉动听的唱腔把大家的思绪一下子带到了那“看了梁秋燕，三天不吃饭”的日子。她和言韶合作的《华亭相会》也有声有色，保留了传统唱段的无限韵味。

刘祥虽然是业余戏迷，可他的秦腔造诣是我们平常人难以企及的，他为秦腔投入的精力和财力，他对传统秦腔执着的追求，更是我们研习社得以生存和发展的动力和源泉，尤其是他拜秦腔表演艺术家王辅生为师以来，演唱水平有了质的飞跃。他和买买提合作的《苏武牧羊・走雪》片段，得到了现场如潮水般的掌声。

言韶虽是一个企业家，但从小在西安著名的秦腔剧社易俗社隔壁长大的他，深受秦腔氛围的熏陶，也时常受高人指点，而且天生一副唱秦腔的好嗓子。这次他奉献给大家的是《祖籍陕西韩城县》和《打柴劝弟》的片段，实在是太棒了。

曾丽君的《庚娘杀仇》曾在陕西省戏曲比赛业余组中得了优秀奖，她的演唱功底和水平都好，也是剧社的骨干力量，深受观众喜欢。席鹏是影视专业毕业，陕西宝鸡人，活泼开朗，扮相俊美，一段《血泪仇》里面的“王桂花纺线”唱得非常出彩，让大家眼前一亮，接下来《洪湖赤卫队》韩英的唱段“娘的眼泪似水淌……”这一段更是超常发挥，嗓音甜美，字正腔圆，缠绵悱恻。加上优美的音乐，一大段唱一气呵成，自然流畅。

演唱会一个高潮接一个高潮地进行着。晚会接近尾声，我再次返场给观众演唱了《祥林嫂・砍门槛》。观众的掌声此起彼伏，非常热烈，把整个晚会推向了高潮。

主持人说：“佩君有着圆润高亢的嗓音，有着做演员的天分，也有对人物形象细腻的刻画，把一个受尽人世间一切苦难、无依无靠的祥林嫂形象逼真地表现出来，随着她泪如雨下的哭诉，我观察到，台下的老人们随着她怨恨的爆发也是唏嘘声一片。感谢她为大家献上这精彩的唱段。”

最后一个出场的李全林老总，他的《忠义人》和《杀庙》中的“听罢了”唱段也很精彩，观众也毫不吝惜地把掌声献给了他。

这就是秦腔的魅力，这就是大西北人的秦腔情结，这也是游子们对故土思恋的情感宣泄。

道不尽的秦腔情

当我们的秦腔在北京的各个角落唱响的时刻，我会永远记住这些为继承秦腔、发扬秦腔、宣传秦腔、演唱秦腔作出过努力的剧社同仁。

后来，由于热爱秦腔的票友越来越多，为了照顾大家的工作，方便排练安排，我们又成立了一个新的剧社——北京春晖票友剧社。

提起春晖剧社，自然要夸奖一下为剧社提供排练场和午餐的陕西乡党郭陇军了。他不但将自己的厂房腾出几间来给剧社无偿使用，还为参加排练的人员提供一顿午餐。郭陇军的夫人也是忠实的秦腔爱好者，总是忙前忙后地招呼大家，偶尔唱上几段青衣，还义务兼管剧社的戏箱。

张总是国企的总经理，酷爱拉二胡，尤其喜欢秦腔的牌子曲，乐队的组建，完全仰仗于他的全力支持。大校张小林来自部队，也是二胡爱好者，但凡排练都超级认真，虚心好学。乐队其他成员来自不同的行业，源自对秦腔的疼爱，大家走到了一起。

我们的春晖剧社曾在中国剧院、梦剧场等留下过足迹。

最难忘的当数 2013 年那个酷热的夏天，为了赶排大型秦腔传统戏《火焰驹》，剧社同仁不辞辛苦，每日赶到双桥，一起在烈日骄阳下认真排戏。

这出除我之外全是票友排演的秦腔《火焰驹》，排练仅用了一个月的时间。做梦都没有想到，我们竟然登上了连专业院团都十分羡慕的梅兰芳大剧院，而且演出当晚一票难求。大家齐心协力，严谨认真。观众看得过瘾，热烈的掌声响彻整个剧场。谢幕了，热情的观众把我们簇拥在舞台上献花拍照。那晚，我心潮澎湃，激动得一夜未眠。

后来，我们这台《火焰驹》相继接到宁夏艺术节和陕西艺术节邀请，在宁陕两省的舞台上相继绽放。难忘回到家乡，走入易俗社演出的那个夜晚，我的亲人、朋友、昔日艺校的同学都纷纷赶来给我捧场。那是我时隔数年，再次登上家乡的舞台，而且还是在百年剧社——易俗社唱响我最爱的秦腔，是多么激动人心、令人难忘的事啊！

前日，随作家红孩在中国现代文学馆鱼池边散步，看见鱼儿，我嘴里边能溜出《游西湖》里李慧娘的欢音二六：“姐姐同我把水看，你看那湖中鱼游来游去，游来游去上下番。”看到满园花开争奇斗艳，我便会表演起《火焰驹·表花》一折里的欢音二导板“清风徐来增凉爽”。

红老师笑着打趣说：“老佩这么热爱唱戏，干脆调回陕西到戏曲研究院继续唱秦腔得了。”

春天来了，随友人京郊游玩，看到青山绿水、花红柳绿，我不由得哼唱起《游西湖》中裴瑞卿的小生欢音二六：“艳阳春色惹人爱，桃红柳绿迎面来，好山好水我不爱，春风笑我太无才。”作为戏痴的我，情之所至也是无可奈何。

秦腔唱段多是以苦音见长。我最爱的、最擅长的也是苦音戏。比如：《三娘教子》《探窑》《盼子》《庵堂认母》《窦娥冤》……但由于和大家聚会，考虑到现场感受，所以，就选择一些轻松的、愉快的唱腔与大家分享。久而久之，就形成了自己的演唱风格。

总之，说也说不完，道也道不尽。

最爱是秦腔，魂牵梦萦的也是秦腔。

难忘的旅程

2019年7月22日，我们计划了很久的闺蜜自驾游终于梦想成真。知性美丽的郑丽、清纯可爱的王琴、风趣幽默的尹虹、童心未泯的老佩在勤劳绅士高总云飞先生的率领下，风风火火地抵达兰州，友人早已为我们备好了美食和车辆，酒足饭饱，马不停蹄，立即打开了我们愉快的自驾模式。

陶醉青海湖

沿着青海湖自驾游，我们一路欢歌笑语。放眼望去……美得令人窒息！蓝天白云净化着人的眼睛，洗涤着人的身，洗去了一身的疲惫，陶冶着旅人的灵魂，成为天幕主景。山峦披着渐变的绿色薄衣在一片片、一丛丛的耀眼的油菜花点缀下展现出油画般的神韵……青海湖远远望去波澜壮阔天湖一线，静静的湖面像一匹无边无际的蓝色锦缎，蓝得纯净、蓝得醉人。再看这沿途的油菜花、薰衣草、大丽花、太阳花等各色花儿争奇斗艳甚是养眼……大美啊！我们急切地奔赴到花海之中，王琴欢快地喊：“快来，这片太阳花多美呀，快拍快拍。”郑丽开心地言：“看这边，瞧这薰衣草色泽多么梦幻。”尹虹舞动着手中的丝巾：“快帮我多拍几张。”美景令人目不暇接，清新的空气让我陶醉其中……“美醉了！”我深情地蹦出了一句老佩名言。此刻，我们仿佛是青春少年，骑在高大威猛的马儿之上，徜徉在美丽的青海湖之畔，激情澎湃，英姿飒爽，忘情地摆出各种 pose 留念。

距离青海湖两公里外的这家餐馆真的很不错，老板实诚，价格公道，关键是味道真不错。在周边油画般美景的衬托下显得朴素、接地气，别有一番滋味儿。旅途中能品尝到如此可口的食物，就应该算是很幸福的事了！

壮美祁连山

在青海湖去张掖的路途中，一座高大而雄伟的大山映入眼帘……仿佛是一张张壮美的焦墨画，让我仿佛置身梦境之中。大自然好神奇啊，竟然能营造出如此盛景？“哇哦，快看，多美的山啊！”我们惊呼着！是祁连山，简直美爆了，远望群山若隐若现，清清溪水山间散布，形成一幅幅抽象画。祁连山脚下的草又青又长又密，翠色欲流的草坪之上点缀着一片片、一蓬蓬涌动着的“小白花”，仔细一瞧，哦，原来是一只只身材笨拙、憨态可掬的羊儿，它们正在悠闲地、很享受地品尝着高原上的鲜草。嘿，瞧前方，一队身上点着红色的羊队随意地漫步马路中间，还不时摆出各种有趣的姿态，实在太好玩了！我赶紧拿起手机抓拍下这个美妙的瞬间。骤然间，电闪雷鸣，大雨倾盆，不一会儿又下起了冰雹，车顶被击打得噼里啪啦……遭受冰雹袭击后的小羊儿瞬间变得楚楚可怜。此时此刻，我想吟诗一首：“东边日出西边雨，祁连山下现小羊。呆若木鸡谁知晓，刚被冰雹砸晕了。”“哈哈哈……有趣，有趣。”我这首打油诗，把大家逗得哈哈大笑！

耀眼的门源

耀眼的门源万亩油菜花也是本次旅游的一大亮点。

7月的门源，是一个被金色渲染的季节，是一场独属于油菜花的盛宴。此时的油菜花吸收了阳光的精髓，集结着生生不息的希望和落落大方的魅力，真可谓美到极致。车驶进门源的那一刻起，不是我夸张，我的嘴真的一直咧着不由自主地笑得根本合不拢。沿途的道路两边尽是连绵不绝的油菜花海。是的，我想称其为海，不是田，金黄灿烂，一眼望不到尽头，说这里是世界上最好看的油菜花海，我觉得应该是名副其实的。我们换上淡色的衣装，头上戴着鲜花编成的花环，欢快地步入花海……哇，一朵朵、一片片、一簇簇的油菜花在这个季节里昂首怒放，构成了这一幅幅美丽清新的田园诗画。微风送来阵阵的“花浪”，夹杂着菜籽的清香，沁人心脾，让人心旷神怡，我仿佛融化在这幅美丽的画卷中……

邂逅嘉峪关

来到嘉峪关已是下午两点，此时的嘉峪关，天气异常燥热，紫外线照射得人喘不过气来。我们包裹严实，生怕皮肤被灼伤。就摘一下眼镜的工夫，我的眼睛便被刺激得不停地流眼泪……

顶着烈日骄阳上到了城墙之上，远远望去，与嘉峪关交相呼应的祁连山层峦叠嶂白雪皑皑，简直就是一幅壮美的大写意画。按照高总做的旅游攻略，这个景地我们只能匆匆带过，象征性地观望一下便得起驾继续西征了。这正是：城门楼下留个影，小戏楼前把势扎。各种摆拍忙不停，顶着个烈日赶紧耍。

出了嘉峪关，沿路驱车西行，右看一望无际的黄土沙地上面点缀着一丛丛一蓬蓬的貌似干渴的小绿草，这个景色有着别样的意境，恰似一张硕大的迷彩地毯匍匐在大山之间。

我们一路笑语一路欢歌，说学逗唱，快乐无限……

民歌接龙是由尹虹发起的，自带喜感的主持风格逗得我们不时地捧腹大笑。高总既是司机又兼主唱，嗓音洪亮，歌声悠扬。王琴对这个表演环节也非常重视，低头默默地在手机上查找着熟悉的歌曲，流行歌曲一首接一首唱得特别动听有韵味。老佩定与大家不同，一首首陕北民歌、一段段秦腔唱得是激情澎湃，要不劝我还真的停不下来。我们文静优雅的郑丽小姐含蓄地推掉了演唱的机会，自觉地担任起了首席摄影师，认真地抓拍着我们欢乐的画面。

我们这欢乐大篷车，从红歌到民歌、流行歌再还原到怀旧歌，一路高歌："狂浪……狂浪……"

初见莫高窟

敦煌莫高窟，祖国的宝藏，人类艺术的殿堂……

我终于见到了向往已久的莫高窟，它和我想象中的不大一样，看外观不如我在宣传片中看见的那般雄伟壮观，看洞窟内却比我想象的还要精美绝伦。我最喜欢壁画上的飞天，有的吹箫弄笛，有的翩翩起舞，有的臂挎花篮，将幸福的花儿撒向人世。有的轻抚琴弦，低吟浅唱；有的迈开大步，目光坚定；有的目光惆怅，独自落泪；有的长发飘飘，奔向天边；有的轻落人间，独自舞蹈。云雾缭绕中，她们衣带飘扬，俯瞰众生万象；仙乐缥缈中，她们舞姿妖娆笑对人生百态。看得我如醉如痴，仿佛进入梦境一般。

因为旅游旺季，天气燥热，所以只能遗憾地参观了四个窟便得匆匆赶路。再见敦煌！相信不久我会再返圣地继续探寻它的故事……

神秘七彩丹霞

到达张掖时已是下午时分，一路大雨瓢泼，此时云开雨歇，老天怜惜我们这些个远方的旅人，给我们展露了丹霞地貌最美丽的一刻。

乘坐大巴车在山丘间穿行，山涧高峡幽谷，古木葱郁，淡雅清静，纤尘不染，车子转过一个山头，眼前的景色突变，就像顷刻间拉开巨大的帷幕，托出一个神奇的世界。群山连绵不断，重重叠叠的山峰拔地而起，高耸入云，色彩神秘。偶有红色的、黄色的溪水从路面滑过，独特的景致好生神奇。听到我们好奇的热议，司机师傅热情地当起了讲解员："丹霞地貌是岩石堆积形成的，它是红色砂岩经长期分化剥离和流水侵蚀，加之特殊的地质结构，气候变化以及风力等自然环境的影响，形成孤立的山峰和陡峭的岩石。只有大雨洗刷后的丹霞才能显现它最美的身姿。我长到这么大，从来没见过像今天这么美的盛景。你们很幸运啊！"我疑惑地问司机师傅："这么大的雨常常下，会不会把这个丹霞地貌淹没了？"师傅说："不会的，它是有根的。"多么有力的一句话呀！

沿着曲曲弯弯的小路，我们登上观景台。一座座彩山连绵不断，蜿蜒起伏，层层叠叠，在落日余晖的照耀下五彩斑斓，更加神秘耀眼……宛如仙境的美景实在太神奇了！大自然的神力赋予它多姿神韵，不可思议啊！大美张掖，魅力丹霞！

穿越无人区

行至无人区，突然遇到了沙尘暴，穿越可以说是既紧张又刺激，如果是摸着石头过河，那么就是凭着感觉开车根本看不清前方也分不清方向，我们在灰色朦胧中前行，看不到边际。沙土路面上，车子颠簸得非常厉害，隐隐约约地看见一辆大卡车摇摇晃晃从对面开来，两车交错，距离很近，我的心提到了嗓子眼，瞪大双眼屏住了呼吸。车轮声渐渐远去……大伙儿随即尖叫一声，长长地嘘了一口气！要知道，这可不是玩游戏，完全是实战演习啊！可怜的王琴被两旁的行李箱夹在中间，随着车辆的颠簸左右摇摆，还不时遭受着行李箱撞击。好心疼她呀。我们几个大姐姐都抢着说和她换一下座位，可是她却说："不用，不用，过了这一段，路况肯定会好起来的。"可是现状并不是那么乐观，我们看到前面灰蒙蒙的地方似乎有微弱的光亮，耳边又隐约地传来车轮的声音……一直谈笑风生的尹虹此时也切换到了静音模式，再看左手边的郑丽倒是淡定沉稳，闭目养神。我心里嘀咕着，不远的距离行进起来显得那么漫长？原计划 7 点到达大柴旦，还需要颠簸多久呢？为了缓解大家紧张的情绪，云飞先生立马展现出团队唯一男士的责任担当，他幽默地说："不着急，我们就当是在享受大自然的免费按摩嘛。这种体验多有趣啊。"

哇，太阳公公终于挤了出来，我们终于看到了希望，走上了金光大道……大家雀跃高呼"耶！"，欢乐地唱起："社会主义大道在前方……"

我打趣地问郑丽："不是说好无人区是你开吗？云飞怎么抢了去，这么刺激的体验你是多少钱卖给他的？"她调皮地捂着嘴偷笑。"还有王琴，你说这次天然按摩咋就把手法最重的分配给你呢？我不服，一会儿下车换座位，我也要多按按。"

"每次走过这间咖啡屋，忍不住慢下来脚步……"哇，郑大小姐竟然唱起了歌曲，顿使大家非常惊愕……好听！

前往大柴旦的这条公路很长很长，就像一条蜿蜒的巨龙，一直伸向天边……蓝天白云清澈得令人感动！拍照环节让我们忘记了疲惫，大家纷纷卸下后备厢的行李箱做道具，此刻放飞心情，肆意地摆出各种造型，不舍得错过每一个角落、每一个空间。云飞老兄抓住手机那叫一个拍拍拍啊！

印象茶卡

来到茶卡盐湖已是下午 4 点多钟，进入景区，映入眼帘的神奇天景绚得令人惊叹，美得令人窒息……天空湛蓝，白云飘飘，湖面似镜，天湖一体。天哪！我仿佛是走入了画中，步入了仙境……乘坐小火车来到了镜湖，这就是“度娘”推荐的湖中镜影的最佳拍摄地。虽说大家不建议下水以免被盐伤了皮肤，但也顾不得许多了，我急忙蹚进水中，忘情摆拍，左顾右盼，美景连连，真的美醉了！姐妹们超级开心，欢呼雀跃，欢歌曼舞，待俺们跳起来，舞起来……你刚拍罢我登场，各种摆拍忙不停。可是我们的御用摄影师云飞先生受累了！此时也顾不得紫外线是否灼伤皮肤，先拍美了再护肤……美哉，盐湖！

塔尔寺，灿烂辉煌、巍峨壮观。走近它便感受到特异的氛围和气场，瞬间产生时空交错的幻觉，本是浮躁的心境顿时安静下来。

塔尔寺是藏传佛教最具代表性的杰作，也是宗喀巴大师的诞生地。

感恩天意把我带进这使心灵抵达澄澈明净境界的地方。虔诚叩拜！

八天的自驾游即将结束，一路上欢声笑语，吟诗对歌，美景、美食令人意犹未尽，流连忘返……

待到月季盛开时

那是一个初春的清晨，阳光普照着大地，万物复苏，处处显露出勃勃生机。我想着郊外农庄等待打理的满园花草，就怎么也坐不住了，立即起身驱车去往农庄。

我天生爱花，而且对花儿有着一种神秘的、道不尽的情愫。自从有了农庄这一片小院，我便开始精心地种植各种花草树木和各色蔬菜。每年春天也会调换播种一些自己喜欢的新品种，十几年来从未间断过。即便是回到城里居住，也时常是隔三差五地回到农庄施肥浇水。这几天，我竟然萌生了彻底搬回农庄整日与花共舞的念头。

离开闹市的喧嚣，进入农庄区域，回到自己的庭院，心情便豁然开朗。

我将屋子里的卫生清理干净，稍稍休息了一会儿，便挽起袖子又开始打扫庭院。环顾四周，目光所及之处尽是渐渐泛绿的花草树木，脑海里浮现出月季花儿争奇斗艳的画面。这更让我鼓足了干劲。

庭院的墙角，我种了一棵蔷薇，刚刚经历过秋冬的蔷薇不但枯枝繁多还放肆延伸，不但与多情的海棠树紧紧地纠缠在一起，还任性地似群魔乱舞，张牙舞爪地攀爬在木栅栏上显得非常杂乱。我顺脚站上一张木椅，想把这些枝蔓有序地固定在木栅栏上，这样，过不了多久，我就会看到一整面的蔷薇花墙，那该有多么美呀！我脑海里幻化出那美丽花墙……“啪”的一声，顷刻间，木椅突然断掉前腿，我摔倒在地上，更糟糕的是，随着惯性跷起的椅尾重重地拍打在我头上，我顿时眼冒金星仰面朝天晕倒在地。那一刻，我真的感觉要告别这个世界了……也不知过了多久，又渐渐清醒了过来。我用手撑着地面艰难地挣扎着站了起来，拍了拍身上的土，打算继续劳动，忽然觉得头有点闷，摸一摸后脑勺，哎呀，妈呀，鼓起了一个好大的包，真的好痛！那一刻感觉自己好无助，委屈的眼泪“哗”地掉了下来。哎哟！这腰和屁股也被摔得疼痛难忍！我越想越气恼，于是狠狠地踹了那板凳一脚！哎哟！哪承想又撞痛了我的脚趾，真是雪上加霜啊。

原本气鼓鼓的我一想到不日后鲜花绽放的美好，心中的委屈便减去了大半。如果你不养花，便不能体会养花人的用心良苦噢！初春这看似不起眼的小院可蕴藏着我十多年的心血和汗水啊！

小院里的花花草草，我最喜欢的是月季，因为它生命力最旺盛、最顽强。这么多年，在我种植过的无数花草树木中，唯有月季最不负我心。从七元一枝的幼苗种起，到如今枝繁叶茂，几经移栽都顽强挺立，年年春来，它总是报之以灿烂的笑容，愉悦了我整个身心，而且花开四季，我称它为“花坚强”。再过些日子，这些月季就要怒放了，想想这月季花儿正当时的盛况，我都乐得合不拢嘴。

前些年购得小苗回家，从此开始精心照拂，修剪枝条，浇水打药，看着它渐渐地长大……如今，树冠月季已如两把太阳伞竖立在庭院前，黄色的欧月高贵典雅，红色饱满娇艳，它们的造型似情侣般敞开心扉，互吐衷肠，炽热缠绵……粉红色渐变的龙沙宝石悄悄地躲在这两把大伞身后，在卧室的窗前淡定悠闲地自由展现，它静观眼前这对情侣的表演，也在酝酿着自己的一场惊艳亮相……这依身于木栅栏上的大丛蔷薇，会如游龙般地攀爬于木栅栏之间，肆意地穿梭到房顶之上又低头垂下屋檐，不经意间，粉紫色的花儿悉数亮相，它花朵簇拥，色泽鲜艳，将主卧的窗前屋边点缀得非常神秘浪漫梦幻……满院花儿竞相开放，真正是姹紫嫣红，美不胜收！这些花朵，将会一天一个样，一天比一天大，最大朵的花有十几层。慢慢地，花边蜷缩起来，像是天然的彩色褶皱纸，却比彩色褶皱纸要生动鲜艳，充满了生命的灵气。在绿叶的扶持下，在阳光下，繁密的、肥硕的花朵艳光照人，聚成花束状，大大方方地要献给你似的。

来来来，再随我移步到大门外面，大门前木墙旁的月季花儿错落有致地露出甜美的笑脸，橙黄色、暗红色、粉红色，各种渐变色交织在一起竞相开放，争奇斗艳，在正午的阳光照射下显得分外妖娆。像油画，像绸缎，像烈焰！开得那么喜庆欢快，那么明艳动人，它们可是我们家最好的迎宾员哦。

月季在北京是再普通不过的花。每年 5 月份，北京的大街小巷都盛开着五颜六色的月季花，想要看月季，仅需走出家门，抬眼便是。但我还是在自己的农庄小院里悉心培育了几株，因为，我在月季的身上看到了自己的影子：平凡普通又充满生命张力，不需要额外的照顾，到了春天，只需一点点雨水，就绽放最鲜艳的花儿回馈给这个世界。

我愿自己永远活得像一株月季，虽然普通平凡但不卑不亢，在属于自己的春天里尽情盛开！

饺子

饺子是我们中华民族家喻户晓的传统特色美食，至今已有两千六百年的历史，是最能代表和体现源远流长的中华美食文化的代表性美食，象征着团圆、喜庆。自古以来，民间就有一系列吃饺子的习俗，像除夕夜团圆吃饺子、破五吃饺子、入伏吃饺子、冬至吃饺子……饺子在民间各地品种繁多，口味丰富多彩。而且叫法也是各种各样，单单在我们陕西就有好多种叫法如“扁食”“煮馍”，我的老家三原县则称它“煮角”。

我的童年是在舅舅家度过的，那时候经济条件差，家里孩子又太多，想吃一顿饺子简直就是奢望。自打懂事时起，我就爱吃外婆包的饺子。小时候，吃饺子还是一家人过年时最憧憬的事，平时家里几乎是吃不到纯肉馅的饺子的。即便如此，外婆还是会想各种办法，比如用猪油渣与蔬菜掺和了给我们做出美味的饺子来。

后来日子渐渐变好了，在家里平日的饭桌上也就能和饺子多见几次面了。外婆干净利落，做得一手好饭。那饺子包得圆润好看。做法也是形式多样。大肉韭菜、茴香饺子，莲菜肉饺子等……我每每吃到外婆包的美味饺子，都会吃得满嘴生津，直喊："香！香！"一到这时，外婆就围着围裙，双手沾着面粉，站在我旁边笑眯眯地说："香吧？慢慢吃，别噎着，还有。"

如今，外婆已经离世二十多年了，但她精心制作的餐桌上的美味饺子却一直留在我的味蕾里……

说实话，不吃肉类也已经几十年了，找根源也应该追溯到上世纪七十年代了。那时候日子实在是太穷了。家里唯有的一瓶猪油便是我和姐每日上学前的美味了。外婆将棒子面和细面掺杂在一起做的热馒头掰开，在上面抹上猪油再撒上点盐，然后合上用手捏捏，分成两半给我和姐姐，这就是我们那时候最幸福的事了。

可能是小时候猪油吃得太多，吃滑肠了，以至于往后的日子看到任何肉类都没胃口了。所以，酷爱美食的我，对饺子的兴趣却不是很大。

我的闺蜜吴珏瑾是影视演员，曾在周星驰的经典作品《大话西游》中扮演牛魔王的妹妹牛香香，是一个名副其实的大美人儿。她就非常爱吃各种带馅的食物，最爱是饺子。有时候聚餐，我们也就会一起包饺子来品尝。但是我很专一，只吃鸡蛋韭菜馅饺子。至于其他馅呢，还真很少大胆尝试过。

几年前一个偶然的机会，让我改变了对肉饺子的态度。

这话又得说到七八年前了，那时恰逢姐姐来京，我陪她在丽都商圈闲游，到了饭时，我们便驱车在酒仙桥附近寻找可口的饭店，这时候，马路左前方一家招牌映入我的眼帘——"鸿毛饺子"。"重若泰山，轻若鸿毛"，这个名字叫得有趣。我和姐一拍即合，就在这吃。姐叫来一盘猪肉大葱，我依旧是老习惯"韭菜鸡蛋"，饺子刚一入口，香味儿便溢满口中……真香啊！姐姐嘴里夸着好还一边用筷子夹了一个肉饺子到我盘里，说："你尝一个，一点都不油，香得很！"看着老姐那么肯定的眼神，我便鼓起勇气大胆一试……哇！真的好美味哦！我这个自称不吃肉的人这次是打心眼里夸它好吃了。

说来也巧，一个秋色渐浓的下午，我在位于马连洼的鸿毛饺子旗舰店邂逅了鸿毛饺子的创始人张宝瑞。我认真地环顾一下四周，二百多平方米的店面，客人坐得很满，前庭内坐落着的中式木制房檐的小房子让人感到十分温馨，家的感觉扑面而来。干净整洁的厨房里，六七个身着白色厨师服的师傅擀的擀、包的包、煮的煮，都在忙碌地工作着，服务员也在客桌与厨房之间来回穿梭……生意好红火啊！不一会儿，几道小凉菜便搬到了我们的桌前，宫廷茄子、凉拌三丝、红油海带丝、秘制猪蹄、红烧排骨。美味啊！番茄鸡蛋饺子、韭菜鸡蛋饺子、牛肉萝卜饺子……哇，实在太好吃了！

我们边吃边聊，饶有兴趣地听张总如数家珍地讲述饺子的故事……

他与我同龄，有着同样的经历，同样的酸甜苦辣，由于母亲下乡插队到唐山生下他，所以他儿时也是在农村长大，那时候想吃一顿饺子多难哪！从小他就梦想着等以后生活富裕了，天天顿顿都吃饺子。有梦，就会有圆梦的日子。如今，改革开放的四十年里，祖国发生了翻天覆地的变化。如今，饺子已经是家常便饭了。在这期间，二十六年前，“鸿毛饺子”应运而生，从北太平庄的一家小店已经发展到拥有三十一家连锁店的大户，而且还出了国门，开到了加拿大的多伦多。牛吧！

他的生意之所以这么红火，是因为他保证质量，服务上乘，极力营造家的感觉。曾经发生过好多有意义的事情呢。当年在北太平庄店，毗邻北京电影制片厂，所以少不了名家大腕时常光顾。李保田老师、斯琴高娃老师、刘佩琦老师、张艺谋等都曾经是这里的老主顾，而且艺术家们都纷纷夸赞饺子做得好吃。斯琴高娃老师在这里还有一段有趣的事呢。“那时候电视剧《宰相刘罗锅》正在热播，有一天晚上，李保田老师悄然来到饺子馆，不一会儿，斯琴高娃老师也来了。他们吃得津津有味，而且一点也不浪费，斯琴高娃老师看到剩下的六个饺子，便说：再加一份，连同这六个一起打包，带回去给我先生吃。临走时，在桌上放下一百元，待到老板找五十元给她，才发现她已经离开了。后来老店由于街道改造工程被拆除换了新的店址，所以遗憾地再没见过斯琴高娃老师，但欠老师的五十元，张总始终记挂着，总是盼着有一天见面当面奉还。老一辈艺术家朴实节约的精神也深深地打动了张总的心，也受到了很大的鼓舞。

对于如今的年轻人来讲，追寻舌尖上的记忆和饮食文化与底蕴的传承是他们选择饮食消费的主要标准。对于鸿毛饺子来讲，包饺子着实是个手艺活儿，每一个水饺，都是手艺人的匠心制作，从调馅，到和面、擀皮、包饺子，每一步骤，都在一呼一吸间自然呈现。

“鸿毛饺子”的宗旨是让顾客吃到放心的饺子，营造家一般的环境，所以在选择食材方面也特别考究。面粉来自内蒙古大草原，那里有四万亩不打药、不施肥，完全在蓝天白云绿草如茵的环境下生长的无公害无添加小麦。

蔬菜也都选择的是有机蔬菜，鸡蛋全部选用德清源的散养蛋。特别是牛肉，九十八元一斤的牛肉对普通家庭来说都是很奢侈的，可张总却一直坚持用它来作食材，保证顾客吃到最放心的饺子。

鸿毛饺子口味多达五十六种，象征着五十六个民族，所有饺子实行现拌馅、现擀皮、现包、现煮，故而饺子馅大、皮薄、口感好。

1995 年至今，“鸿毛饺子”从一家小店开到了三十几家连锁店。二十三年的漫长时光，陪伴了一代人的成长，将时间煮成味道，历久飘香。不管身处何方，吃到鸿毛饺子，就是感受家的味道啊！

我的秦腔缘

中央音乐学院秦腔知识讲座

同学们，大家好！

一曲欢快的秦腔曲牌《小桃红》开启了我们今天的秦腔知识讲座。我是来自中国艺术研究院的朱佩君。今天非常荣幸来到这美丽的校园，在这宽敞明亮的教室里跟大家一起交流和学习秦腔知识。

第一章

【我的秦腔缘】

在进入讲座之前呢，我想先和大家分享一点点我和秦腔的情缘。我生长在秦腔世家，父亲是剧团的导演、编剧。母亲是团里的主要演员，算是台柱子。那个年代，县剧团的演员即便是怀了孩子，也依然在舞台上演出。可以说，我在妈妈肚子里就接受秦腔的胎教熏陶，呱呱坠地时便接受秦腔的洗礼。可以说，我是从小在戏窝子里长大的。听大人们讲，我两三岁时便能唱几段完整的秦腔唱段，从小就披着家里的浴巾学着《白蛇传》里的白云仙、《游西湖》里的李慧娘，

“过家家”也都是模仿着舞台上的人物。实在是太痴迷于秦腔了。我小时候还特别淘气，常常因为考试不及格，被父亲在剧团的小院拿着棍子追打。每每遇到这种情况，我便以迅雷不及掩耳之势哧溜地爬上院里的大树，站在树杈子上挥动着双臂，高唱着秦腔“打不死的吴琼花我还活在人间”，闹得剧团里的叔叔阿姨哥哥姐姐都来围观，气得我老爸哭笑不得。

1980 年，我考到了陕西省艺术学校，开始接受七年正规化传统戏曲专业教育。1987 年，我以优异的成绩分到了被誉为西北最高戏曲殿堂的陕西省戏曲研究院秦腔团工作，正式开启了我的演艺生涯。由于我学的行当是老旦，也非常认真刻苦，所以非常荣幸地能常常和几位前辈艺术家老师同台演出，对我的专业提高作用是很大的！那个年代，我也获得了省上的许多戏曲表演大奖。说实话，那个阶段也算是我在戏曲舞台上的高光时刻。可以说，我对秦腔的爱是渗在骨子里的。2002 年，我因工作变动，十分不舍地脱离了我最热爱的舞台，来到了北京。从那时起开始学习散文创作。后来又调进中国艺术研究院《艺术评论》杂志社任外联部主任工作至今。因为我还兼任中国散文学会的副秘书长、小桔灯艺术团团长，所以也会经常到全国各地去参加文学采风活动。只要有我参加的活动，就一定会有秦腔的声音。可以说，秦腔一直伴随着我的生活，伴随我经历了五十多年的时代变迁和岁月流淌。

2018 年 7 月，我的散文集《秦腔缘》由作家出版社正式出版发行。在这部散文集里，写秦腔的作品几乎占了近一半，记叙了那段难忘的岁月和我对秦腔的眷恋。另一部分文章描述的是近年我所走访和接触过的改革开放后涌现的新人新事物及相关的一些往事回忆。还有若干篇对前辈作家、艺术家的追思。很开心的是也就在同年，我获得了第八届冰心散文奖。

几位著名作家说过，朱佩君能写散文，主要源于对秦腔的热爱。

中国戏曲博大精深，历史故事很多。戏曲的唱词儿和道白非常讲究，非常美！非常有助于文学写作。

今天能站在这里，和同学们一起交流秦腔知识。可以说，这也是我和同学们的秦腔缘啊！

第二章

【秦腔的起源】

秦腔源于古代陕西、甘肃一带的民间歌舞，是在中国古代政治、经济、文化中心陕西关中地区长安生长壮大起来，经历代人民的精心创造而逐渐形成的。因周代以来，关中地区就被称为“秦”，秦腔便由此而得名。因以枣木梆子为击节乐器，又叫“梆子腔”。因梆子击节时发出“咣咣”声，俗称“桄桄子”。清代中期以后，北京等地亦称“西秦腔”“山陕梆子”。是我国西北地区陕西、甘肃、青海、宁夏、新疆等地的最大剧种。

秦腔又名“乱弹”。清朝人李调元《雨村剧话》云：“俗传钱氏缀百裘外集，有秦腔。始于陕西，以梆为板，月琴应之，亦有紧慢，俗呼梆子腔，蜀谓之乱弹。”“乱弹”一词在我国戏曲声腔中的含义很多，过去曾把昆曲、高腔之外的剧种都叫“乱弹”，也有的曾把京剧称为“乱弹”，也有的剧种以乱弹命名，如温州乱弹、河北乱弹，“乱弹”更多地仍用在以秦腔为先、为主的梆子腔系统的总称上。

【秦腔的发展】

秦腔“形成于秦，精进于汉，昌明于唐，完整于元，成熟于明，广播于清，几经演变，蔚为大观”，堪称是中国最古老的剧种，堪称中国戏曲的鼻祖。

还有一种说法则比较传奇，天水有个古迹叫牧马滩，是秦朝为宫廷选择良马的御所，也是秦始皇先祖嬴非子当年为周王室牧马的地方，后来秦朝的先民东移时，把自己当时自娱自乐的唱腔也带到了秦国。当时秦国人民生活富足，但是娱乐业却只有击缶（敲击瓦缶，敲击瓦盆）而歌，没有形成定势的唱腔和程式，随着一匹匹良马和天水送马人不断地来往于天水与关中，西部的歌谣和传说被当时的聪明人编成了故事，带进了秦国。

当时秦穆公很喜欢听歌谣和传说，就广泛搜集当时好听的歌曲，还组织聪明的说书人继续为他编唱，这便成了最早的秦腔。

秦腔的唱腔定型是在唐朝，当时非常安定和富裕，人们的精神需求也就越来越丰富，秦腔的发展也就自然不在话下。唐玄宗李隆基也喜欢戏曲，曾经专门设立了培养演唱子弟的一块地方“梨园”，既演唱宫廷乐曲也演唱民间歌曲。梨园的乐师李龟年原本就是陕西民间艺人，他所作的《秦王破阵乐》称为秦王腔，简称“秦腔”。这大概就是最早的秦腔乐曲。

后来秦腔受到宋词的影响，从内容到形式上日臻完美。明朝嘉靖年间，甘、陕一带的秦腔逐渐演变成为梆子戏。

从明代开始，秦腔开始流传出秦地，明代万历年间的《钵中莲》传奇抄本中，就有一段注明用“西秦腔二犯”的唱腔演唱的唱词，那可是关于秦腔声腔的最早记载。该剧是江南无名氏之作，江南远离陕西，传播需要时间，证明秦腔在明中叶当已形成并已传播到江南。

秦腔的鼎盛时期在乾隆年间，这个时期，全国很多地方都有秦腔班社，仅西安一地就有三十六个秦腔班社，如保符班、江东班、双寨班、锦绣班等。

【秦腔的演变】

秦腔因其流行地区的不同，后演变成各种不同的流派：流行于关中东部渭南地区大荔、蒲城一带的称东路秦腔（即同州梆子，也叫老秦腔、东路梆子）；流行于关中西部宝鸡地区的凤翔、岐山和甘肃省天水一带的称西路秦腔（又叫西府秦腔、西路梆子）；流行于汉中地区的洋县、城固一带的称汉调桄桄（实为南路秦腔，又叫汉调秦腔、桄桄戏）；流行于西安一带的称中路秦腔（就是西安乱弹）。其中的西路秦腔入川后成为梆子；东路秦腔流入山西为晋剧，流入河南为豫剧，流入河北成为梆子。所以说，秦腔可以算是京剧、豫剧、晋剧、河北梆子这些剧目的鼻祖。各路秦腔因受各地方言和民间音乐影响，所以在语音、唱腔、音乐等方面，都稍有差别。

【秦腔的感染力】

秦腔又被称为原始的“摇滚”，它是用粗犷豪放的性情，用原始的、朴素的艺术形式传递着黄河文明大气的景象和野性的自然魅力。它吼出了八百里秦川王气脉聚的庄严，吼出了黄沙弥漫凄惨荒凉的悲壮。它又有着南方朴实细腻的灵秀，能唱出清丽柔美、婉约灵动的本真性情，是大西北人们喜闻乐见的舞台艺术。独具魅力的秦腔，负载着秦人的敦厚和慷慨，是豪放而婉约的性格艺术。激昂悲壮的秦腔，是秦人情感压抑的宣泄口和生命的自我鼓舞，是秦人生命意识的共鸣与呐喊。

第三章

【秦腔的表演特点】

戏曲表演讲究四功——唱、念、做、打，五法——手、眼、身、法、步。四功五法是戏曲演员必备的表演技艺和基本功。主要是通过形体表演和情感表达来塑造人物形象。

秦腔的表演朴实、粗犷、细腻、深刻，以情动人，富有夸张性。角色行当分为四生（老生、须生、小生、幼生）、六旦（老旦、正旦、小旦、花旦、武旦、媒旦）、二净（大净、毛净）、一丑，共计十三门，又称“十三头网子”，表演唱做俱佳。辛亥革命后，西安成立了易俗社，专演秦腔，锐意改革，吸收京剧等剧种的营养，唱腔从高亢激昂而趋于柔和清丽，既保存原有的风格，又融入新的格调，绝对很实用。

1924 年 7 月 7 日，鲁迅先生应邀前来西安进行讲学，其间他曾连着三天在易俗社欣赏秦腔，他被这种古老而又充满魅力的戏剧所深深吸引。在离开西安前，他为易俗社特意写下了“古调独谈”四个字。如今这四个字已经成为易俗社以及秦腔在戏曲领域独有的象征。

秦腔表演技艺十分丰富，身段和特技应有尽有，常用的有趟马、拉架子、吐火、耍水袖、耍梢子、扑跌、扫灯花、踩跷、耍火棍、枪背、顶灯、咬牙、转椅等。神话戏的表演技艺，更为奇特而多姿。如演《黄河阵》，要用五种法宝道具。量天尺、翻天印，可施放长串焰火，金蛟剪能飞出朵朵蝴蝶。除此，花脸讲究架子功，以显威武豪迈的气概，群众称其为“架架儿”。

【示范表演】

折扇

在戏曲舞台上，扇子是最常见的道具。它不单纯是装饰，有的还和戏里的情节有关，对演员的身段动作也能起到辅助作用，尤其是在表达剧中人物的性格和喜怒哀乐的情绪方面，小小的扇子大有文章可做。旦角用扇子分为两类：一类是宫中嫔妃、大家闺秀用折扇，如《贵妃醉酒》中的杨玉环、《游园惊梦》中的杜丽娘等；一类是用绢质团扇，如《火焰驹》中的黄桂英、《西厢记》中的红娘等。

趟马

马鞭，是戏曲演员手中一种常用的道具。舞台表演中，演员用马鞭挥舞的模拟化舞蹈，就能代表该人物正在骑马。这根不长的竹竿，既是马匹，又是马鞭，马鞭的颜色就代表马的颜色。在戏曲表演中，上马、下马、拴马、骑在马上的状态，全靠演员用模拟的舞蹈化动作来表现，而观众一看便知。因此，马鞭，也能体现出戏曲是一种写意的表演艺术。

褶 子

褶子是戏曲舞台上不论男女老少、富贵贫贱、文武角色都会穿的便服，纯色的叫“素褶子”，绣花的叫“花褶子”。

【秦腔的唱腔特点】

秦腔唱腔包括“板路”和“彩腔”两部分，每部分均有欢音和苦音之分。苦音唱腔最能代表秦腔的特点，深沉哀婉、慷慨激昂，适合表现悲愤、怀念、凄哀的感情；欢音腔清丽婉约、欢乐明快、刚健有力，擅长表现喜悦、欢快、爽朗的感情。板路有二六板、慢板、垫板、二导板、带板、滚板等六类基本板式。彩腔，俗称二音，音高八度，多用在人物感情激荡、剧情发展起伏跌宕之处。分慢板腔、二导板腔、带板腔和垫板腔等四类。凡属板式唱腔，均用真嗓；凡属彩腔，均用假嗓。秦腔须生、青衣、老生、老旦、花脸均重唱，名曰唱乱弹。

第四章

【秦腔六大板式】

一、二六板

一板一眼形式。节奏紧凑而灵活，长于叙事。由于它能同唱词中的语言音调紧密结合，呈现出一字多腔的状况，有利于对事件、情节的叙述。基本结构形式是由两个前后呼应、长度相等的乐句组成一个乐段，两句均起于“眼”落于“板”。因起板的不同，又有摇板、原板的区别；又因落板的有别，出现了齐板、留板、歇板的差别。还有快、慢和欢、苦之分。它的转板多向二导板、慢板或带板。

二、慢板

一板三眼形式。曲调迂回婉转，具有很强的抒情性，句中和句末常有较长的拖腔和彩腔，如苦中乐、三滴水、麻鞋底、十三腔等，长于表现人物复杂多变的思想情感和内心世界的活动，也有欢音、苦音之分。因速度的不同变化，又有快三眼、慢三眼之别。因起板与落板的不同，又有许多不同称谓。起板分塌板、安板两类。属于塌板类的有大塌板、中塌板、三棰紧塌板、一棰紧塌板、剁头子塌板、二反塌板、哭腔大塌板与八哥洗澡等；属安板的有一棰安慢板、一棰安拦头和懒翻身等。又因击乐起板手法不同，其衔接板头过门亦不同。落板也有齐板、留板和歇板三种形式。齐板的结束比较完满，留板和歇板又往往作为唱腔中的一种间歇或过渡。真是灵活多变，富于戏剧性。这样，慢板在秦腔中便成为极为重要的一种板式，慢板是二六板的扩展。

三、带板

属有板无眼形式。是秦腔唱腔中最具戏剧性的一种板式。常用在戏剧矛盾冲突最为激烈尖锐和戏剧情节十分紧张的时刻。可单独使用，也可同其他板式连接使用，并常将唱腔的情感推向高潮，表现出一种痛快淋漓、酣畅豪放的戏剧性效果。带板之所以有这样的艺术表现特长，就在于这种板式自身各方面的变化非常丰富。就唱腔旋律、节奏变化而言分慢双棰（拍）、慢带板（慢散板）、紧带板（紧散板）、“喝场子”带板；就起板变化而言，分慢七棰带板、紧七棰带板、慢三棰带板、紧三棰带板；就落板变化而言，分齐板、留板、歇板、黄板等；同时也均有欢苦之分。

四、二导板

一板一眼形式。是一种特殊板式。一般只有一个乐句，只有上句，而无下句，须和其他板式相接，用在唱段的开始，起到导入其他板式大段唱腔的作用，用在不同板式之间起到过渡的作用。既可叙事，又可抒情。基本节奏特点为“碰板”开唱。当它和从高音开始的旋律相结合时，往往能够表现出人物内心激烈的情绪。它的起板是安板的起法，板起板落，有紧、慢之别，也分欢音和苦音，也有欢音导板序和苦音导板序等彩腔。如欢音二导板。

五、垫板

它是根据戏剧情绪和音乐表现的需要，直接从带板中发展而成的一种板式，由上下两个乐句构成，节奏自由、无板无眼，属散板结构。结构紧密，曲调连贯，抒情性很强。还可以根据剧情与人物情感的需要，尽情发挥，不受节拍与时值的限制，表现出一种抒情、叙事相结合的特色。长于表现激昂慷慨、紧张奔放的豪情逸致。也有欢、苦、快、慢之分。

六、滚板

属散板形式。这是一种半吟半唱（即吟诉性）的板式，节奏十分自由。唱词可以是齐言的七字、十字对偶句，也可以是一字一音或一字多音有机结合的散文，而以后者最为典型。只有苦音，没有欢音。极善于表达一种极为悲痛、酸楚、凄切、伤感的情感。它可以同其他板式结合，或作起板，或插入大段唱腔之中。例如《火焰驹》“婆媳相遇”一场：“唉，唉，唉，我叫叫一声婆婆呀——婆哦……婆，我哦的——婆哦婆哦呀啊——啊——啊——只因我父嫌贫爱富，昧却婚姻，是我心中不愿，约他花园赠金，谁料事意外，惹下这场……大祸了……”在表现剧中人物黄桂英向婆婆诉说家父嫌贫爱富，昧却婚姻，残杀丫环，勾结官府将未婚夫问成死罪，从而产生极度悲痛的心情时有这样一段滚板。

【喝场子】

“喝场子”也叫“喝场”。在具体运用时称为拉“喝场”。它是剧中人物感情发展到极度悲痛无法解脱时的一种哭喊、悲鸣以及带有强烈呼唤色彩的歌唱程式。有它，大大增强了秦腔悲壮苍凉、凄楚激愤的个性特征。它把人们生活中撕心裂肺、顿足捶胸的哭喊之情，形象地、艺术地编织、展现在紧、慢带板的唱腔节奏之中，并使之与其他板式形成对比。这种创造手法，在我国三百六十多个戏曲剧种中非常少见。例如：《周仁回府》中周仁被奉承东出卖，为了保全忠良之后义兄杜文学哥哥性命，被迫答应献出嫂嫂，骗过严年。在回临时住所路上，周仁心情复杂，既有对严年的愤恨，也有对奉承东的不齿，更有为嫂嫂命运的担心，他一路徘徊思虑，踌躇难断，经历灵魂的考验悲愤无奈地喝唱："奉承东蛮奴才报德以怨（打击乐起：将，将，将将将将将……）我把你个无义的贼呀啊……（仓打仓）贼呀啊（仓打仓）哎——哎——哎——（仓仓吃吃吃——打仓仓仓……）无义的贼呀啊啊……"用喝场将人物进退两难、悲愤无奈的心情表达得淋漓尽致。

【阴司板】

秦腔板式唱腔之一。慢板变体的一种。其板式结构、分腔分句、起落程式与慢板无异，只是旋律多在中、低音区行进。其行腔、吐字也多模拟少气无力、虚弱难耐、神志昏迷等情状，故多用于人物蒙受巨大打击和昏厥后刚刚苏醒时……慢板中用阴司板来演唱的这种阴司慢板多用于生角和旦角。例如断桥中白云仙晕倒后被小青渐渐唤醒的虚虚弱弱的唱段："梦儿里我和那法海交战，口声声不住地呼唤许仙，又听得耳边厢青儿呼唤……"呈现出虚幻梦境一般的感觉。

【伤寒调】

伤寒调亦属旋律低沉的慢板。大体和阴司板类同，唯用场有别。伤寒调主要为剧中人物病、伤、昏、怠以及感情极度悲伤、懊悔时所应用。如《葫芦峪·祭灯》诸葛亮唱段："后帐里转来了诸葛孔明，有山人在茅庵苦苦修炼。修旧了卧龙岗一洞神仙。恨师兄报君恩曾把亮荐，深感动刘皇爷三请茅庵（拖单：俺……俺……俺……）。"将诸葛亮自知难活，即将帅符交与姜维，并安排身后之事的情绪表达得十分贴切。

【秦腔曲牌】

秦腔曲牌是衬托秦腔戏剧中不同人物动作、过场和各类戏剧角色思想感情变化以及塑造剧中人物形象、渲染舞台环境气氛，并使各种唱腔板式自然过渡、增强舞台效果、连接戏剧过程等方面的一种伴奏乐曲。秦腔曲牌音乐曲调优美、旋律动听、曲目繁多、内容丰富多彩、用途广泛，它充分体现出秦腔音乐慷慨激昂、缠绵悱恻的艺术风格。

同学们欣赏完秦腔曲牌《大开门》，也就到了我们今天的秦腔知识讲座结束时间。今天是非常有意义的一天！感谢同学们！同学们再见！

想说的话

从农庄带回一张光盘，本以为是我早年的舞台演戏视频，在朋友带有光驱的电脑里打开一看，原来是十年前我随中国作家采风团走进华山的珍贵留念。有王巨才、梁衡、阎纲、蒋子龙、周明、晓雪、王宗仁、杨匡满、何西来、雷抒雁、李炳银、王必胜、李荣胜等著名的前辈作家老师。我这个小字辈得益于恩师的提携，将我带入名家云集的团队去深入学习，能亲耳聆听老师们教诲是何等荣幸啊！时光荏苒，转眼，许多老师已步入了耄耋之年，其中，何西来、雷抒雁老师已故去。蓦然回首，感慨万千！

其实，在我二十年前的人生规划中，最大的愿望就是重返舞台，圆我一次秦腔梦。但做梦也不曾想过自己今生能从事散文创作，更没想到自己还能写出一本书。感激恩师周明将我带上文学之路，并不遗余力地培养我、鞭策我、提携我。二十年来，恩师带我接触和拜访了周而复、魏巍、贺敬之、邓友梅等诸多我梦寐以求想见到的殿堂级文学大家。我能常常跟随著名前辈作家老师们一起参加文学活动，深入各地采风，在文学的海洋里畅游，不断地陶冶着我的身心，真是受益匪浅啊！

2018年，我的第一本书《秦腔缘》出版，没想到，意外受到了许多读者的喜欢。网上还有许多热情的读者写了评论文章，认识的和不认识的朋友纷纷鼓励我，更增强了我的信心，激励着我在写作道路上继续前行。

我将对秦腔的满满深情付诸笔端，讲述给读者。朋友们常常说：朱佩君是散文作家队伍里会唱秦腔、秦腔演员队伍里会写散文的人。著名评论家阎纲老师曾说："朱佩君写散文得益于秦腔的滋养。"感谢朋友们的认可，深深感谢阎纲老师的肯定。是啊！没有秦腔，我的散文便是无味的。如果没有走入文学队伍学写散文，那么，秦腔的演唱也是有骨无魂的。

感谢秦腔对我的滋养，感谢文学对我的充实。

大家都说我现在唱秦腔比过去进步多了。我想这一切应归功于文学对我的帮助。是文学丰满了我，只有文学水平的提高，对唱词的理解、对情感的运用才能精准到位。

我认为，一名优秀的戏曲演员，首先要从专业理论以及对演绎角色的内心理解、角色分析上下功夫。也就是说，对于专业的知识结构和艺术规律的把握，是构成演员艺术风格的决定性因素，也是评价一个演员文化素养的侧重点。一些唱得很好的演员，由于对角色的人物性格理解不到位，所以在表演和唱腔的发挥上显得十分空洞。不能准确地把握人物情绪，充其量只能算是一位唱家，但不能称其为表演艺术家。优秀的表演必须是要符合生活的真实，同时又要达到艺术的升华，要分析人物心理，注重内心的体现，不但要运用自己的躯体，还要用自己的灵魂，将内心体验与外形体现融为一体，用心用情，声情并茂，加上扎实的戏曲基本功，将最适合人物情感的程式动作融入其中，才能塑造出一个活灵活现、栩栩如生的人物形象。如果只是为演而演、为唱而唱、为技巧而要技巧，那就和街头卖艺杂要没有什么区别，不能称之为艺术。

谈到演员对角色的理解，那就肯定与演员的文化素养密不可分。只有文化水平的提高，才能体现出一个“德艺双馨”的艺术家的真正魅力。

中国戏曲博大精深，异彩纷呈。在形成过程中，受宋词的影响颇深，剧词特别精美。传统剧目中多以“忠”“孝”“节”“义”的历史人物和故事作为主要题材，这样一来，戏曲演员便通过演戏懂得了许多历史知识，理解了许多文言文的内涵。

说到唱词对演员的滋养那可真是不可胜数。

比如，在《黄鹤楼》中，周瑜质问刘备：“想当年赤壁鏖兵火烧战船，劳尽军力，费尽粮草，争下荆州被皇叔借去。屯兵养马，许下八载交还，今已九春，敢问皇叔，不还我家荆州的意儿呢？岂不知信？信乃人之根本。人而无信不知其可也。大车无輗（ní），小车无軏（yuè），其何以行之哉？”这短短的几句道白将一个历史故事讲述得清清楚楚，还讲出了人活着必须言而有信的人生哲理。我的理解，这应与散文同属一体，算是精短美文的叙事风格吧。

又如：“三更灯火五更鸡，正是男儿立志时，男儿要知今古事，必须熟读五车书。”这些非常励志的诗句，通过舞台教化而深入人心。

《三娘教子》中，三娘苦口婆心教育儿子：“曾子曰，吾日三省吾身，为人谋而不忠乎？”

“常言道一寸光阴一寸金，寸金难买寸光阴，失掉寸金还犹可，失掉光阴哪里寻？黄香檀枕把亲奉，王祥求鱼卧寒冰。商洛儿连把三元中，甘罗十二为宰卿……”三娘苦口婆心的几句教子唱词，清晰地讲述了古代名儒名将名臣名相忠孝仁义的故事。这些极富文学性的典故用于戏中潜移默化地感染了观众，教育了世人。

演戏之魂在于眼，能准确地运用眼睛表现人的喜怒哀乐是表演的最高境界。

其实文章亦如此，也讲究画龙点睛。用心用情，真情实感，有神韵的表达总是耐人寻味。用华丽辞藻堆砌文章，必须要有扎实的文字功底，还得运用得恰到好处。否则，文章会看似华丽，品着无味。演戏和写作同是一理。由此可见，戏曲演员提高文学素养有多么重要。

我常常感到很困惑，因为文字功底不扎实，所以在写作过程中，常常因文章无法突破而感到非常苦恼。但庆幸的是，我从未放弃，我相信，勤能补拙，通过不断学习和大量阅读，一定会提高自己的写作水平。能在文学的道路上做一名追赶队伍的女兵，我真的很荣幸！

几经沉淀，第二本散文集《老旦》终于问世了。

感恩时代，感恩文学，感恩秦腔，感恩在生活和创作中给予我关心、支持和帮助我的师长、亲人和朋友们！

2022 年 2 月 28 日于北京清境明湖